肯尼和怪兽书

肯尼和怪兽书

[美]托尼·迪特利齐 著

舒杭丽 译

贵州出版集团 贵州人民出版社

献给诺顿·贾斯特
我有幸称他为我的朋友

目录

我不曾忘记   1

第一章　等着我   5

第二章　这个应该很好玩   17

第三章　除了这里哪儿都行   31

第四章　新的消息   42

第五章　"你好"的另一半   53

第六章　皇家贵宾   63

第七章　怪兽的本能   71

第八章　诡异的呢喃低语声   85

第九章　棘手的难题   98

第十章　屁股粘在一起了   110

第十一章　怪兽书   121

第十二章　我们看不到的那一面   133

第十三章　那都取决于我们自己   154

第十四章　神话传说中的东西   171

第十五章　国王的平安令   205

译后记   218

所谓幸福……
不在别处，
它就在此处；
用不着多等一刻，
它就在当下。

——沃尔特·惠特曼

我不曾忘记

（我知道，我知道……自从本人——国王的皇家历史学家弗利特·什鲁斯伯里——发表了少年兔子肯尼的故事，时间已经过去很久了。现在我已经收集到本次历险所有的细节，而且我的身份已经不仅仅是个讲故事的人，而是这次历险的参与者了。所以呀，咱们闲话少说，我那些可信赖的学生会随着事件的发展，把故事讲给你们听的。）

你们可能已经读过了肯尼和他亲密家人的故事，他们住在一个叫环河镇的地方。这是一个非常别致的圆形城镇，帕里什河就从镇子的中央穿过。

如果你问肯尼，谁是他最好的朋友，他一定会说是格雷厄姆，那条心地特别善良的大怪龙。几年前，当大怪龙初次降临老兔子农场的时候，着实引发了当地居民的巨大恐慌。谢天谢地，肯尼和他的家人及亲朋好友（包括那位已退休的骑士乔治爵士）齐心协力，上演了一出终生难忘的大戏，证明在现实生活中，并非所有的龙都像童话中描写的那样邪恶。

肯尼一行拜访过斯通霍恩国王陛下和王室成员之后，又回到了他们那个安静的小镇。哦，不过，当大家得知一条友善的喷火龙要住到环河镇上，安静的小镇立刻就热闹起来了。格雷厄姆整天忙着接待那些远道而来的粉丝，还要接见那些慕名而来的访客，这让他非常非常快活。朋友们把他山顶上的洞穴改建成了一个圆形大剧场，让格雷厄姆可以尽情地在那里朗诵诗歌，一遍又一遍地表演他最喜欢的戏剧情节。

大量游客的涌入意味着老兔子农场得到了扩大生产规模的好机会。于是，他们不仅给绵羊搭建起独立的羊棚，收获羊毛进行纺织，还让几头奶牛也住了进去。现在，农场的日常工作需要增添人手了，而且他们还需要照料老兔子农场新出生的十二只小兔子，全家老小全都忙得上蹿下跳。（听清楚了吗？我为什么说是"上蹿下跳"呢？因为他们是兔子，而且他们……算我没说。）

　　肯尼当然也不得不重新适应家里的生活，他突然得到了十二个妹妹，光是要记住她们的名字就是一件伤脑筋的事儿：她们分别是凯伦、凯米、凯媞、凯蒂、凯奇、凯基、凯瑟琳、凯莉、凯特琳娜、凯德尔、凯尔斯滕，还有凯伊。

　　我们的故事就从兔子全家登上他们的羊拉车，去参加环河镇一年一度的丰收节开始吧。

第一章　等着我

————⚬————

　　"快点儿呀，兔妈！"肯尼爸爸怀里满满地抱着一堆小兔子从屋里出来，"砰"的一声关上了大门，匆匆地朝大车走去，"我可不想像上次参加玉米棒子芯节那样，再迟到了！"

　　"咱们的时间足够。"肯尼妈妈扎好脖子上的围巾，然后帮助孩子们一个一个地上了车，"小心点儿，凯蒂，别踩到你妹妹。"

　　"我是凯米，妈妈，她才是凯蒂。"一只小兔子指着另一只小兔子说。

　　"我不是！她才是呢！"那只小兔子又指着别的小兔子，只见她正掀开车后面一个木箱的盖子，往外拽从箱子里找到的羊毛手套和围巾。

兔妈妈却赶紧把东西放回箱子里盖好，她说：“可千万别把我们织的冬装弄脏了。这些东西是要捐献给那些不太幸运的人的，记住了吗，凯蒂？”

“我是凯德尔，不是凯蒂。我才不想去庆祝什么丰收节呢！”小兔子双手交叉在胸前，气哼哼地说。

“凯蒂在我这儿呢，妈妈。”肯尼的声音盖过了乱哄哄的喧闹声。他从门廊的台阶上跳到地上，一个妹妹骑在他的肩膀上，一个妹妹坐在他的脚上抱着他的腿，还有两个妹妹被夹在他的胳膊下。他吃力地走到车前，让肩膀上的小兔子从他身上爬上车。

肯尼跟爸爸妈妈一起坐在大车最前排的座位上。

“妈妈，”一只小兔子说，“他为什么可以和你们坐在一起？”

“我也想

坐在前面。"另一只小兔子说着就往前排爬。

"坐在你的位子上别乱动，小姐。"肯尼妈妈答道，"等你长大了，就可以坐到前边了。毕竟，肯尼现在都快从学校毕业了，而你们才刚刚进幼儿园。"

"谢天谢地，"肯尼爸爸低声说，"我终于可以安静下来干我的事儿了。"然后他拍拍绵羊问："可以走了吗，梅里诺？"

"我认为，咩……没问题！"绵羊梅里诺答道。他奋力拉起这辆超载的大车，一路小跑着上了车道。

———————❧❧———————

晨雾渐渐散去，牧人山上五彩缤纷的秋叶映入眼帘，有橘色的，有金色的，还有猩红色的。大车嘎吱嘎吱地驶过土路边无精打采的野花和杂草。三只蟋蟀躲在一枝摇曳的黄花下，缓缓地吟唱着夏日悲伤的往事。

"格雷厄姆会去吗？"肯尼妈妈问。

"会的。他会在那边跟我碰头。"

"那就好。"肯尼妈妈用手掸去落在裙子上的枫叶，"他去了还可以帮你一起照看妹妹们，那我就可以去'年度馅饼烘焙大赛'当评委了。"

肯尼满心不乐意地叫了起来："哦，非得让我看孩子吗？我俩自打开学以后就没一起出去玩过，而且夏洛特也一直……"

"别跟我顶嘴。活动结束后,你有足够的时间和朋友们一起闲逛。"

"就不能让爸爸看着她们吗?"

"我还得去把那些冬装送到捐赠的摊位上去呢。"肯尼爸爸说,"就算是你给我们帮个忙,好吗,阿肯?今天不会再让你干其他家务活儿了。"

"好吧,好吧。"肯尼举起双爪,勉强同意了。

梅里诺的四只羊蹄在横跨帕里什河的石桥上咔嗒咔嗒作响。肯尼从车厢边上向外张望,看到负鼠老爹正在下面的河岸边钓鱼。肯尼非常高兴看到负鼠老爹在老地方钓鱼,打他记事起就没变过。负鼠老爹在大车驶过的时候掀掀帽檐,表示问候,肯尼也挥舞着手臂向他致意。

"他是谁呀?"凯德尔盯着肯尼问,"我想跟他打个招呼!"十二个兔子妹妹一下子全凑了过来,俯身在大车边上,向负鼠老爹挥动着手臂,异口同声地大喊:"你好啊——!"这突如其来的喊声着实把负鼠老爹吓了一跳,他手一哆嗦,鱼竿掉进了河里。

通向环河镇的街道车水马龙,真叫一个拥挤,肯尼爸爸指挥绵羊梅里诺拉着大车缓缓前行。"哇!这么多的人都是从哪儿来的呀?"肯尼爸爸惊叹道。

"自打那次为乔治举办大游行之后，这里就没有这么热闹过了。"肯尼妈妈接着说。

镇上欢迎来宾的大标识用了成捆的干草、成堆的南瓜和无数的干玉米做装饰。标识后面是供镇民们游乐的地方，宽敞的广场四周搭着五颜六色的帐篷，还有各种好玩的游戏摊。广场的中心地带是嘉年华的各种游乐设施——呼啸的过山车和旋转的摩天轮。肯尼爸爸向梅里诺道了谢，拴住了羊车，肯尼跳下座位帮助妹妹们下车。这时，肯尼听到头顶上有人深深地吸了一口气。

"难道会有人不喜欢油炸食品的味道吗？"格雷厄姆的大鼻子尽情地嗅着食物的香味，"在我看来，所有的食物都应该放在油锅里炸着吃。"

"没错，就应该炸着吃！"肯尼兴奋地揉搓着自己的两只前爪，"这样吧，我想咱们应该先去坐摩天轮，或者坐大风车，也许还可以去找夏洛特，或者——"

"甘姆！"肯尼的妹妹们从车上跳下来，连蹦带跳地围着那条又高又大的蓝绿色巨龙，大声唱着，"甘姆来了！甘姆来了！甘姆来了！"

"他不叫甘姆，叫格雷厄姆。"肯尼说，"跟那饼干的名字一样。"

格雷厄姆挨个拍了拍每只小兔子的头。"她们从还是小棉花团的时候，就一直叫我甘姆。我倒是很喜欢这个名字。"他卷曲着尾巴，递过来一个托盘，里面盛满了嘉年华的美食。"你们谁想吃漏斗蛋糕[1]啊？"他问。

"我！我！我！"小兔子们大声嚷嚷着，全把爪子伸了过来。

格雷厄姆分给肯尼的妹妹们每人一块漏斗蛋糕，然后大把大把地往自己嘴里塞椒盐卷饼、甜甜圈和棉花糖。他含着满嘴的食物说："阿么、偶们要先去住什么（我们、我们要先去干什么）？"话音未落，糖粉就像烟雾一样从他嘴里喷射出来。

"别吃太多的垃圾食品。"肯尼妈妈从女儿们手中夺走了漏斗蛋糕，"你们会肚子痛的。"

"可能只会有一点儿烧心。"格雷厄姆说着，打了个饱嗝儿。一团火焰在他的舌头上舞动着，肯尼忍不住哈哈大笑，笑得鼻子里发出哼哼的声音。

对他俩这种幼稚可笑的幽默，肯尼妈妈无可奈何地摇了摇头，然后她吻别了宝贝女儿们："要听哥哥的话啊。咱们一会儿见。"

---

1 漏斗蛋糕：一种油炸点心。

射箭游戏

这边走 →

肯尼爸爸从车上把那一摞箱子搬了下来，说："好了，阿肯。现在我要把妈妈捐的衣物送过去，然后还要去买些苹果油炸馅饼。千万别让妹妹们乱跑啊。"他搬着箱子摇摇晃晃地走了，边走边回头喊道："格雷厄姆，你可得帮着他点儿。他需要你帮忙的。"

　　"您眼前就是环河镇最好的兔子保姆，不用担心！"格雷厄姆行了个礼，说道。肯尼不由得笑了起来。他目送着爸爸妈妈消失在人群中，耳边萦绕着汽笛风琴演奏的音乐，其间夹杂着欢乐的尖叫声——摩天轮和过山车上的乘客们被剧烈地翻转着甩来甩去。

　　肯尼的妹妹凯基拉着他的爪子，指着一个戴着有趣的气球帽的路人说："我想要一顶那样的帽子！"

　　"好吧，待会儿咱们就买一顶，等格雷厄姆和我——"

　　"快看！就在那边买。"另外一个妹妹凯瑟琳，指着一个被小孩子包围着的人说。他身上穿得花花绿绿的，他能把长长的彩色气球拧出各种造型。

　　"呃，"肯尼说，"可是你看排队的人太多了，得等多长时间啊。咱们还是先去坐过山车吧。"

　　"我想要那顶好玩的帽子嘛！"妹妹们齐声哀号起来。

　　"嗯，妈妈说了，你们必须听我的。现在我说，咱们去坐过山车。"肯尼对妹妹们说。

"气球帽是挺好玩的。"格雷厄姆说,"再说,你怎么忍心拒绝这些可爱的小脸蛋呢?"

"这没什么呀。"肯尼回答。

"哦,算了吧。"格雷厄姆用一种很有说服力的口气说,"其实你知道,你自己也想要一顶。"

肯尼不情愿地对好朋友笑了笑,点点头,然后说:"那好吧,咱们去买气球玩具。"

格雷厄姆一本正经地对兔子妹妹们说:"好了,我的小姑娘们,你们当中,有谁想坐龙舟啊?"小兔子们兴奋得尖叫了起来,她们争先恐后地爬上了格雷厄姆的尾巴。

肯尼领着大伙儿走到那个做气球玩具的人跟前。等妹妹们一个个从格雷厄姆身上跳下来了,他就从自己的口袋里掏出一把硬币,分给每人一枚。"你们把硬币丢进那个人的帽子里,然后告诉他,你想让他给你做什么玩具就行了。动作快一点儿,好不好?"

肯尼和格雷厄姆站在一旁看着,做气球玩具的人分别给十二个小妹妹制作了宝剑、花朵和各种动物造型的气球帽。当兔妹妹们忙着互相展示各自的气球帽时,卖气球玩具的人又免费送给肯尼和他的朋友一人一个非常特别的气球。

"这对兔子耳朵献给格雷厄姆。"说完，他把气球做的耳朵绑在格雷厄姆的犄角上，"还有献给兔子肯尼的龙头帽。"

肯尼戴上那顶可笑的帽子，清了清嗓子，挺起胸脯说："我叫甘姆，是一条非常仁慈的龙，只是喜欢用鼻子里面喷出的火，来烤焦糖布丁。"

"我叫兔子肯尼，是一个藏书家，一个自行车爱好者，还是十二个小傻妹妹的大哥哥。"格雷厄姆模仿着肯尼的声音说。

"你们俩才傻呢！"凯伊说。小妹妹们大笑着去追打哥哥肯尼，肯尼围着格雷厄姆转着圈地跑，躲避妹妹们的追赶。

"兔子肯尼，你玩得这么开心也不带上我？"

肯尼转过身，看到了夏洛特的笑脸。她用吸管喝着一罐根汁汽水，身上的棉布连衣裙在微风中轻轻飘动。"你怎么从我身边跑过去都不跟我打个招呼啊？"她说。

肯尼的耳朵尖在气球帽下面发起烧来。他不好意思地笑了笑，挥了挥手："嘿，夏——"

"肯尼，我要上厕所。"妹妹凯特琳娜不知打哪儿冒了出来，一个劲儿地扯着肯尼的衬衫。

"等一下，好不好？你看看谁来了！是夏——"

"我憋不住了！"小妹妹急得转着圈地直跺脚。凯媞和凯奇也加入了她的行列，嚷嚷着说她们也急着要上厕所。

"没关系的，肯尼。"夏洛特强忍着不让自己笑出声来，"我在这儿等你。"

肯尼不由得脸红了，但什么话也没说。他抓起妹妹们的手爪，冲出去找厕所。

"夏洛特真的特别好，"凯媞说，"我长大以后要像她一样。"

"我也是。"另外两个妹妹异口同声地说着，走进了厕所。

"你们几个要快点儿，好不好？"肯尼帮她们关上了厕所门。等候妹妹们的时候，他远远地望着广场对面的夏洛特。她正和一群肯尼不认识的朋友聊天，那些人可能是她新学校的同学。

要知道，肯尼一直期待着能跟夏洛特上同一所学校，但在开学之前，夏洛特的父母却把她转到了另一所特别重视"艺术课程"的学校。这段时间，肯尼就没怎么见过夏洛特。好不容易见面的时候，她津津乐道的也都是她新学校的事。

他看见夏洛特和她的朋友们去坐过山车了。

我等你等了这么久，他心中暗暗地想。

第二章　这个应该很好玩

　　"嘿！金尼！"波吉大喊大叫地从游乐场跑了过来。别在他衬衫上的那条红丝带，跟沾在他脸上的樱桃馅饼的颜色，看起来倒是很相称。他身边是另外一个新同学波莉，她正朝他们这边挥舞着细长的手臂。

　　厕所的门猛地开了，肯尼的两个妹妹蹿了出来。"波莉来啦！"她们俩大声叫道。

　　"嘿！"波莉咧开大嘴笑着回应。

　　"你们来瞧瞧这个！"跑得上气不接下气的波吉指指别在自己胸前的红丝带。

　　"我刚刚在吃馅饼大赛中得了第二名。"

　　"你们真应该到现场去亲眼看看，"波莉兴高采

烈地说，"我从没见过有人在六十秒钟之内吃下那么多浆果馅饼。"

"除了我爸之外，他拿到了第一名。"波吉自豪地补充道。他注意到肯尼头上戴的气球帽。"哇！你的帽子真好看，从哪儿弄来的？"

"是卖气球的人做的。"凯特琳娜说。

肯尼插话："就在那边。他——"

"瞧！他给我做了一把大斧头。"凯特琳娜四下挥舞着她的气球斧头，去击打她的哥哥和妹妹。

"嘿，波吉！嘿，波莉！"夏洛特也跑过来了，手里攥着一卷彩色的入场券。

　　"你的那些新朋友呢？"肯尼说。

　　"阿比·奥尔德森得早点儿走，她把没用完的入场券都给我了。你们想不想去坐摩天轮？"

　　"当然想坐！"波吉从她手中撕下来两张入场券，分给波莉一张。

　　"谢谢你，夏洛特！"波莉立刻给了她一个拥抱。

　　肯尼还没来得及开口，格雷厄姆就走了过来，肯尼的妹妹们欢蹦乱跳地跟在他身后，每人手中都拿着一个自己喜欢的气球玩具，开心地挥舞着。"啊呀呀！"格雷厄姆叫道，"我是不是发现了美丽的夏洛特啊？这位一定是皇家美食品尝大师波吉，还有他忠实的朋友波莉。"

每个人都上前去拥抱问候格雷厄姆，随即就跟他大聊起来。波吉和波莉讲他们参加吃馅饼大赛的经历，夏洛特则是讲她的戏剧俱乐部。她当然会讲这件事，肯尼心想。与此同时，他那十二个妹妹没完没了地围着巨龙转圈，还边走边挥舞着手中的气球敲打着他们的哥哥。

最霸道的小妹妹凯基停下了脚步，用手里的气球不停地戳着肯尼。"我还想去那边骑木马。"她指着旋转木马说。

夏洛特蹲下身来，在她面前晃动着手中的一叠入场券。"咱们一起去坐摩天轮，怎么样？"

"我不想坐摩天轮，"凯基说，"我想去坐那个！"她坚决地指向旋转木马。"我也是！"其余的小兔子全都齐声响应。

肯尼和夏洛特交换了一下眼神。"好吧，"肯尼说，"要不我们先坐摩天轮，然后再去坐旋转木马，好不好？"

"我现在就要坐木马！"

肯尼不耐烦地提高了嗓门儿："好啦，你们想玩的我们都已经让你们玩过了，所以现在你们必须听我的，跟我走。我现在想去——"

"我带她们去骑木马。" 格雷厄姆一把抱起了凯基，"你们去坐摩天轮吧。"

"你……你确定吗？" 肯尼问。

"朋友是干什么的？" 格雷厄姆说着挤了挤眼睛，带领小兔子们向旋转木马的入口处走去， "快去吧。玩得开心点儿。"

"那咱们走吧，肯尼。" 夏洛特说着牵住了他的爪子。

朋友们一窝蜂地挤进摩天轮的豪华车厢。等摩天轮启动的时候，他们从车厢的边缘观望下面的人群。摩天轮刚一离开地面，波吉就开始前后摇晃着车厢。

"你们觉得我能把这车厢翻个儿吗？或者让它掉下去？" 他问。

"不能。" 波莉低头看了看， "这东西是合金钢做的，用螺栓固定住了。我们不能把它怎么样。"

"咱们原来的学校怎么样啊，肯尼？" 夏洛特问， "有什么好老师吗？今年你们的班主任不再是绿头鸭先生了吧？"

肯尼有时候很难在直视夏洛特的时候，保持着清晰的思路，尤其是当她坐在自己身边。 "不是了。绿头鸭先生已经退休，搬到别处去了。我们班来了个新老师——龟太太特拉平。她说话很慢，但是看起来人挺好的。"

"你真走运。我就知道，那位刻薄的绿头鸭先生等我一走，马上就退休了。"她翻了个白眼，"哦，天哪！格雷厄姆跟你说了吗？我们新学校有个特别棒的戏剧俱乐部。我们已经开始排练莎士比亚的《驯悍记》了，现在就要准备做演出的服装了！是不是很令人激动？"

"真棒。那么，我猜，接下来你会花更多时间跟你的新朋友们在一起了？"肯尼用一只爪子托着自己的下巴说。

"是的，你必须要去见见他们！他们真的是太有才了。有个当化装师的朋友实在是了不起，他把我的脸涂成绿色的，活像是西部的坏巫婆，然后……"

夏洛特喋喋不休地讲着她要参演的戏剧，说她计划用什么样的布料去做演出服装。她说的那些事情，有一半肯尼都听不懂。他倒是想问她来着，可是夏洛特在摩天轮上没完没了地唠叨，让他根本没有机会开口。

摩天轮刚一停下来，肯尼就迫不及待地跳了下去。他快步穿过人群，来到格雷厄姆身边，把夏洛特和其他几个人都丢在了身后。

"哦，谢天谢地，你可回来了。" 大龙被一群高声喧闹的小兔子紧紧地包围着，"你的妹妹们为了谁来骑那只独角兽吵个不停。" 他指着那匹旋转木马说。"再多的棉花糖似乎也无法平息她们的愤怒。抱歉啊，肯尼，我已经尽力了。"

这时肯尼妈妈从人群中走了出来，肯尼爸爸跟在她身后。"没关系的，格雷厄姆，我来接管她们。"她把那些气呼呼的小兔子聚集在一起说，"是时候该走了，我的孩子们。"

"妈妈，不走！我不想走！" 凯德尔开始发脾气了，她使劲儿地跺着脚。她的几个姐妹也跟着她一起闹。

"我们现在就走，没得商量，"肯尼爸爸严厉地说，"儿子，你和格雷厄姆在晚饭之前回家，好吗？"

"好的。"肯尼答应着，目送爸爸妈妈和十二个妹妹走向回家的大车，然后转身面对格雷厄姆，说，"终于都走了！就剩咱们俩了。"

格雷厄姆还没来得及回答，另外几个朋友就赶了过来，包括夏洛特在内，她还在谈论戏剧。在肯尼看来，她并没有察觉到他俩在摩天轮上有什么不对劲儿的。这样也好，肯尼想，大家玩得开心就好。

他们走过一排排装饰着彩灯的嘉年华大型游戏设施。

"到这边来吧，小伙子！" 一个邋邋遢遢的小摊贩，手里耍着几个红皮球吆喝着，"就这三个空奶瓶，打倒它们，为幸运的女士赢大奖！"

又一个人在通道对面大声吆喝着："谁是今天的套圈大王呀？是你！是你！"

"嘿，"夏洛特说，"我手里还有几张入场券呢，足够咱们再玩一个游戏的。"

他们几个站在道路中间张望着，每人看着不同的方向。肯尼的两只耳朵竖起来，听到前面的条纹帐篷里传来嘣的一声拨弦声。帐篷的入口处立着一个大大的靶心。"伙伴们，"他指着那边叫道，"瞧那儿！"

"射箭场！" 波吉猛冲了过去，"我太想去啦。快走吧！"

"哎，这东西应该很好玩。" 格雷厄姆边走边和肯尼说，"我一直想试试射箭呢。"

"不知道他们用的是反曲弓还是直拉弓。"波莉说。她走在最后。

"哎哟！我们就要变成罗宾汉和他的绿林好汉了。"夏洛特说着，把手中最后几张入场券交给了站

射箭游戏

在射箭帐篷门口的工作人员。

工作人员根据每个游客的身高，为他们选择适合的弓箭。测量格雷厄姆的时候，工作人员必须借助一架小梯子才够得着。量完之后，他抽出一把又大又细的弓，比肯尼还要高。"我认为这把长弓可能最适合你。"他说着，把长弓递给了巨龙。

格雷厄姆把弓弦拉开，用夸张的戏剧化的声调说道："我们再也不要虚度年华了，肯尼，因为我们必须去战胜世界上所有的邪恶，无论它隐藏在什么地方。"

"悠着点儿，小约翰[1]。"工作人员咯咯咯地笑了起来，同时为其他人也配好了弓箭和箭筒，"好了，你们已经装备完毕，下靶场去吧，林克会告诉你们该怎么做。"

肯尼跟朋友们从一条横幅下走过，上面写的是"勇敢的弓箭手们，你们必须要保卫环河镇"。他们走出射箭场的帐篷，进入靶场。不同年龄的游客都在这个用绳子围起来的场地上射箭。靶场的远处竖着高高的干草堆，箭靶就立在草堆前面。肯尼听得到箭头射中目标时，一次次发出的砰砰声。他的目光追随

---

1 小约翰：传说侠盗罗宾汉的伙伴。

着一支箭，看着它在空中呼啸而过，穿透了目标靶心——一条木头雕刻的"九头蛇"，每条"蛇"都凶狠地龇出了尖利的牙齿。"九头蛇"旁边立着一头愤怒的"蝎尾狮"，还有一只面目凶狠的"鹰首狮"，伸展着两只锋利的鹰爪。哦，千万不要有"龙"，可不要在那里放一条"龙"啊。肯尼的眼睛迅速地扫视着整个靶场。

"我射中它了！"一个少年大声欢呼着，用手指着插在蛇怪两只黄眼睛中间的箭。

"射得不错。"爸爸用手胡噜了一下儿子的头发。

波吉用手弹拨着弓弦，发出"嗤嗤"的响声。"哦，没错！我们就是来射怪兽的。"

"波吉！"夏洛特不满地瞪了他一眼。

"也许我们不应该来这里射箭。"肯尼转过身来对朋友们说。但是为时已晚，格雷厄姆正好站在他的背后，眼睛睁得老大，脸色铁青。

"嘿，肯尼。嘿，格雷厄姆！"射箭教练林克带着友好的微笑走了过来，"你们准备好要射箭了吗？"

"真的要射吗？"夏洛特叉着腰问。

"哦，别紧张！"林克说，"只要瞄准了靶子，你就会非常惊喜。很多人都因而发现，自己还是个相当不错的射手呢。"

"我说的不是这个。"肯尼指着靶场的另一边说，"而是大家都在瞄准的目标——箭靶。你们就不能用普通的圆圈靶心吗？"

林克露出困惑的表情。他把目光转向箭靶，然后又回到肯尼和格雷厄姆身上。"哦！我明白了。我们只是想给射箭活动增加些乐趣而已，里面没有龙靶。"

"那其他的呢？"肯尼说。

"你是说那些怪兽吗？"林克说，"它们跟你完全不一样，格雷厄姆，跟你一点儿都不像。"

格雷厄姆把弓和箭筒交给林克，柠檬黄的眼睛垂了下来。"你不理解。"他说。

肯尼也归还了射箭装备。

朋友们见状，也都放弃了这次射箭游戏。

第三章 除了这里哪儿都行

肯尼和格雷厄姆一路步行着往家走，午后的阳光在土路上投下了两道长长的影子。一只山雀欢快地唱着好听的歌，但这也没能缓解他们沮丧的心情。

"为什么箭靶就不能做成柠檬蛋挞、英式小蛋糕，或者是面包卷呢？这样也能让射箭活动变得更有趣呀！"格雷厄姆吃完了一个焦糖苹果之后，开口说话了。

"特别是当你射中了箭靶，奖品就是箭靶上画的糕点。那多有趣啊！"肯尼说着，从地上捡起了一个松果。

"你总算说话了！"

他们俩走到河面的小桥上。"我很小的时候就认识林克了。今天我对他感到非常吃惊。其实，几年前他还跟我们同台表演过。他应该很明事理的。"肯尼说着，把松果投到了河里。

"哼，那就是他脑子里进水了，不是吗？我告诉你吧，如果他碰上的是心胸狭隘的人，当场就会用弓弦把他捆绑起来。"两团火焰在格雷厄姆的鼻孔里燃烧，"算他走运，我不是那样的家伙。"

肯尼轻轻地拍拍格雷厄姆，安慰他说："林克是知道你的，我认为他根本没有考虑到可能还有其他动物跟你很相像。"

"嗯，也许吧。"格雷厄姆鼻孔里的火焰熄灭了，"你知道，我曾经跟九头蛇、鹰头飞马，还有各种神奇的动物都是朋友。我和一个名叫莱昂纳多的狮鹫就相处得很好，他有一点点自高自大……但这也并不说明他是坏蛋呀。"

"相信我，当咱们全部离开靶场的时候，林克已经非常清晰而又清醒地接收到了我们发出的信号。"肯尼说着调整了一下他的气球帽。

"谢谢，"格雷厄姆说，"看来我们这些貌似邪恶的怪兽，需要紧密地团结起来才行。"

节日过后的第二天早上，肯尼拖着一个桶、一个油罐，还有一个工具箱，穿过了后院，来到一辆停放在露天车库里的老旧汽车前。他把一张皱巴巴的纸铺在生了锈的汽车引擎盖上，手指在纸上的"捷特小跑车"引擎示意图上划来划去，认真地研究着。

格雷厄姆把一对轮胎滚进了车库，靠在敞篷车边上。"你认为今天咱们能让它开动起来吗？"

"我肯定会全力以赴的。"肯尼卷起工作服的袖子说，"不过咱们没有汽车用户手册，修理起来会比较困难。"

"难道书店里没有二手的吗？"

肯尼取下了引擎盖的挂钩，吃力地掀起引擎盖，引擎盖发出一阵吱吱扭扭的声响。"乔治知道有没有。等他探险回来，我马上就去问他。"

"他这次探险到底什么时候结束呀？"

"就这一两天了吧。"肯尼握住汽车前部铜散热器的盖子，想把它拧开，但是根本就拧不动。"谁知道呢，"他吃力地说，"也许他会找到更多的龙。"

"这似乎不太可能。"格雷厄姆叹了口气，随之喷出一口烟雾，然后去拧散热器的盖子。那东西已经锈住了，每拧一下就吱吱作响，但很容易地就被格雷厄姆拧了下来。"他进行了这么多次探险，却什么都没有找到。恐怕我是世界上最后一个，也是唯一一个能够吟诵远古诗歌的吟游诗人了。"

肯尼的爸爸手里拎着一个桶，从谷仓里走了出来。"我早该知道你会在这里摆弄这辆小汽车。要是你来问我的话，我会告诉你，这是在浪费辛苦赚来的钱。"

"波莉的叔叔给了我很好的价钱。"肯尼回答，"如果我能让它跑起来，它肯定比我的自行车快得多。"

"但怎么也不会像梅里诺那么安全可靠。"爸爸说着点燃了烟斗，"就在上个月，我还听说有一辆汽车在市中心爆炸了。"他吐了一口烟。"它嘶嘶地叫着、呼啸着，像是个着了火的魔鬼。汽车过热了，'砰'的一声——爆炸了！引擎像炮弹一样从引擎盖里弹了出来。那个该死的东西现在还嵌在圆溪旅馆的砖墙上呢。"

"嵌在墙上了？"肯尼笑了，"我才不信呢，爸爸。"

"千真万确！"肯尼爸爸用烟斗柄指着他说，

"不信你去问负鼠老爹，他亲眼看到的。"

"哦，负鼠老爹——那位常驻环河镇的大寓言家。"格雷厄姆用夸张的戏剧腔调说。

肯尼哧哧地窃笑起来。

肯尼爸爸把手一挥，对他俩的态度不以为然。"那你们就继续修吧。你们这两个小笨蛋，老是在浪费时间鼓捣那破玩意儿，等它在你们面前爆炸的时候，可别回来跟我哭啊。"肯尼爸爸装满了一桶水，拎回谷仓去了。

肯尼自鸣得意地笑着，从身后的裤兜里掏出一块抹布，擦去引擎上的污垢。格雷厄姆打开手套箱，从里面取出一双驾驶手套、一副防尘护目镜，还有一张行车路线图。"唔！"他展开地图说，"现在咱们准备去哪儿呢？等到——"

"我真想什么时候能离开这里，去哪儿都行，除了这里。"肯尼咕哝道，"就只有你和我。"

格雷厄姆点点头，表示理解。"我估摸着，那些小家伙占用你太多的个人空间了。"

"你不知道有多烦。"肯尼气呼呼地擦着引擎。

"我倒是希望自己有兄弟姐妹。"

"我知道你可以有十二个妹妹。"

格雷厄姆笑了。"昨天我真的很喜欢和她们一起玩，尽管她们有点儿容易情绪激动。"

肯尼停下手里的清理工作说："谢谢你在丰收节上帮我照顾她们。我真的受不了了。"

"小事一桩，不值一提。再说，这样你才有点儿时间和夏洛特在一起嘛。她在新学校过得怎么样？她跟你说演戏的事了吗？"

"哦，她跟我说了。"肯尼在工具箱里翻来翻去，"她的全部话题都是戏剧，从始至终她一直都在说戏剧的事。"

"她是迫不及待地想把这些告诉你。我知道你们俩不常见面，但是——"

"我不想讨论这件事了。"肯尼把引擎示意图塞回口袋里，"行了，我换好了机油，换下了瘪轮胎，也给散热器里加好了水。"

"这样就能帮助引擎降温了，对吗？"格雷厄姆说，"我们可不想遭遇任何爆炸事件。"

肯尼咯咯咯地笑着坐上了驾驶座。"今天咱们的小跑车爆炸不了。我还把汽车喇叭的电线重新接好了。"他按了一下方向盘上的大按钮，喇叭声大作："啊——呼嘎！啊——呼嘎！"

"多么美妙的声音啊。"格雷厄姆笑着说。

"我太喜欢这声音了。"肯尼坏笑着回答。他一次又一次地按着喇叭。"你觉得爸爸会喜欢这声音吗？"

格雷厄姆哈哈大笑起来。"哦，我相信他一定爱死这喇叭声了。"

"兔子肯尼！"肯尼妈妈的叫声打断了他们的笑声，"别再按那可恶的喇叭了，妹妹们正在午睡，要是把她们吵醒了，就让你来管她们。"

"对不起，妈妈！"肯尼说。

"非常抱歉，夫人。"格雷厄姆补充道。他们俩拼命地忍着笑，直到肯尼妈妈关上厨房窗户，还上了锁。

"那……咱们刚才说到哪儿了？"肯尼问。

"油箱里加好汽油了吗？"格雷厄姆问道。

"加好了。"肯尼说着，把手伸向汽车后座，拿过来一个旧水果箱。"咱们看看啊……"他一边说一边在箱子里翻找。"点灯用的煤油、绳子、机油……啊哈！"他拿出一根汽车的启动曲柄，"我们是不是应该试试它能不能启动汽车呀？"

格雷厄姆充满期待地鼓起掌来。"哇，是啊！"

两个好朋友把汽车推出车库，停在一棵金黄色的糖枫树的树荫下——这是他们经常在一起闲聊的地方。肯尼将曲柄插入汽车前部。

　　"记住，"格雷厄姆说道，"波莉的叔叔让我告诉你，要用左爪来启动汽车，并且别忘了把拇指并拢。"

　　"知道了。"肯尼紧紧握住曲柄的硬橡胶把手，朝顺时针方向摇动。发动机"轰"地响了一下，然后又熄火了。

　　他又试了一次。

　　又试一次。

　　又试一次。

　　汽车没有启动。

格雷厄姆跪到地上仔细地查看。

"也许是我漏掉了什么东西。"肯尼搓着自己的两只爪子说道。

"让我来试试看。"格雷厄姆用他的大拇指抓住把手，用力一摇。汽车发出"咳咳"的咳嗽声和"噼啪"的火花声，但还是没有发动起来。

肯尼跳到方向盘后面，加大油门。"来吧，再试一次。"

汽车"砰"的一声产生了逆火。肯尼妈妈连忙跑进屋里去了。肯尼爸爸嘴里嚼着一根青草，继续看着他们。

"再来一次。"肯尼说。

格雷厄姆点点头，摇动曲柄，引擎"突突突突"地发动了起来。

"太棒了，太棒了！"肯尼让引擎"突突突"地工作了几分钟。它费力地喘息着、哽咽着，最终还是熄了火，汽车冒出一团浓浓的黑色废气。

格雷厄姆皱着眉头挥挥手，赶走那些黑色的废气。"哎呀，这烟的气味闻起来跟龙火完全不同啊。你确定这东西安全吗？"

肯尼回答说："我想——"

一声巨响打断了他的话，散热器的盖子崩开了，从里面喷出一股滚烫的开水。"啊——！"肯尼沮丧地揪着自己的耳朵，"为什么它总是会温度过高呢？"

"别担心。"格雷厄姆拍了拍他的头，"我们会找出解决办法的。"

肯尼妈妈打开厨房窗户，大声叫他："肯尼，你能进来一下吗？"

肯尼大声地叹了口气，下了车，拖着沉沉的脚步朝屋子走去。

"你没事吧，阿肯？"肯尼爸爸从他身边经过的时候问道。

肯尼闷闷不乐地点点头，然后走进了屋。肯尼妈妈正在前门和一只信鸽聊天。"……再次感谢你，欧内斯特。他就在这儿呢。我知道他听到这个消息一定会非常高兴的。"

她转身对肯尼说，"你运气不错嘛，妹妹们在你制造的惊天闹剧中全都没醒。"

"对不起，妈妈。"

"你知道，有的时候我也需要休息一下。"

"您说得对，"肯尼回答道，"我以后会多加小心的。"

"很好。这是给你的。"妈妈递给肯尼一张明信片，"是乔治给的。他回来了。"

第四章　新的消息

肯尼蹬着自行车的脚踏板，穿行在环河镇畅通无阻的街道上。周日的下午，这里宁静得让人感觉像是一座无人小镇，偶尔能见到几个零零星星的购物者。远远地，一列火车在铁轨上轰隆隆地行驶着，传来了悠长的汽笛声。

报童在报摊上跟他招手打招呼："嘿，肯尼！我听说乔治回来了。"

"是啊，他昨天回来的。"肯尼骑车经过他身边，"我正要去看他呢。"

"我也急着想知道他这次旅行的情况呢。回头见啊！"

肯尼把自行车靠在伯罗书店门外的路灯柱子旁。

他一步两级，快速地跳上台阶，跑过店面窗户上挂着的一块褪色的告示牌，上面写着：

暂停营业

正在皇家公务旅行中，
归来后将重新开放。
感谢您的惠顾。

—— 乔治·E.獾爵士

又及：如有关于图书的紧急事务，
请与兔子肯尼先生联络。

肯尼一走进商店，门铃那熟悉的叮当声就宣告了他的到来，二手图书和陈年老木头的气味都在向他问好。他先把窗户上写着"营业中"的招牌翻过来，然后沿着货架的通道跑到书店后面。乔治獾先生正在狭小的储藏室里拆装满新书的箱子。

"我的小绅士啊！"乔治獾低沉的声音温和而有力。他双手抓住肯尼的肩膀，端详着。"进来，进来。"獾先生的一双老眼在污浊的镜片后闪光，衣服松松垮垮地挂在身上，很显然，年轻时发达的肌肉已经离他而去了。停顿了一刻，乔治说："谢谢你在我离开的时候照顾这个书店，虽然都是些零星琐事。我真的非常感激。"

"我尽量在能来的时候就过来，"肯尼答道，
"有时候夏洛特也会来帮忙，不过……她一直很
忙。"

"我听说了。早些时候她和朋友们来过，找一本
关于莎士比亚戏剧服装的书。"

肯尼没有接他的话，自顾自地继续说道："嗯，
真高兴您回来了。没有您在就是不一样。"

"还是回来好啊！"乔治勉强地笑了笑说。

肯尼从乔治的声音中察觉到一丝伤感，但他觉得
这可能是因为乔治一路上太劳累了。"那么……那本
《国王的皇家动物故事集》，"他说，"我特别想知
道您有了什么新的发现？"

乔治倒了两杯茶，往杯中加了一点儿蜂蜜，然后
递给肯尼一杯。"嗯，在过去的几年里，我一直与皇
家历史学家弗利特密切合作，研究那些传说中的神奇
动物。我走遍了整个王国，寻找这些动物，像格雷厄
姆，他的名字也列在这本中世纪的神兽宝典之中。"

"我迫不及待地想看里面的新内容。"肯尼边说
边啜了一口茶。

"弗利特还发现了另外一本动物书，名为《怪
兽书》，是三百多年前一位名叫奈斯比特的作家写

的。"

"我从来没听说过这本书。"肯尼说。

"我也没听说过，"乔治说，"然而，书中有整段整段的文字似乎都是从《国王的皇家动物故事集·怪兽书》里抄袭的，当时的作家们往往会彼此‘借鉴’，这大概可以解释为什么书中会出现错误的事实。"

肯尼兴奋得都顾不上喝茶了。"哇，那么，你是在哪里找到那本原始的《怪兽书》的？"

乔治浓密的眉毛紧紧地皱了起来。"可惜啊，弗利特和我都没有找到那本《怪兽书》……也没有找到书中描述的任何生物。咱们的朋友格雷厄姆很可能就是他本族中的最后一位了。"

肯尼放下茶杯。他本族中的最后一位。跟那天早上格雷厄姆亲口对他说的一样。

"您确定吗？所有的地方您都找遍了吗？"

乔治点点头。"每个有目击记录的地方我们都去找过了。但是，请注意，目击记录的一切都发生在很久很久以前。"

"那么书的作者呢？那个叫奈斯比特的？"肯尼问。

"了解得不多。弗利特已经请皇家信使向王国的各个地区发出召见令，希望奈斯比特某个在世的后人可以现身，并且透露这本书的下落。这种努力的希望比较渺茫，但愿有人能够提供相关信息；否则，修订《国王的皇家动物故事集》这一探索工程就失败了。"

两人沉默了一会儿，肯尼的全部身心都被这件事情占据了。老骑士拍了拍他的肩膀。"别这么沮丧，小伙子！"乔治说，"格雷厄姆的生活中可能找不到像他那样的动物了，可是他有你啊。这对他来说意义重大。"

"是啊……我相信您说得对。"肯尼说。

"当然了！顺便问问你，那个老火球现在在哪里？"乔治问。

"他说他要先睡个午觉，睡醒以后就过来，他想为今晚的拜访攒点儿精神。"肯尼喝了一口茶，接着说，"我们俩今天整个上午都在忙着修车，想方设法让我那辆汽车跑起来。"

"啊，是的，夏洛特跟我说了你最新的工程。嗯，我可以告诉你，这些不用马拉的车肯定会流行起来。你真该去看看国王的那辆豪华轿车。你的车子能开了吗？"

"只启动了一下。"肯尼皱着眉头说，"没有用户手册，很难搞的。"

"嗯……"乔治搅拌着他的茶,说，"你去我们书店的二手使用手册里找过了吗？"

"我不知道店里有没有二手使用手册。"

"有啊，就在店里的……某个地方。"乔治看了看堆积如山的书箱，"让我去各处找找，看看能不能找得到。"

这时前门的门铃响了，狗妈妈带着她的小狗狗们走进了书店。乔治放下茶杯，走上前去迎接他的顾客。

在等乔治的时候，肯尼从储藏室里搬出一个沉甸甸的箱子，举到柜台上。箱子里面装满了最新版本的畅销新书——这是一本小说，讲的是在失落的世界里生活的恐龙。

说不定格雷厄姆会喜欢这本书，肯尼心想。他随手翻阅着，目光落在了一幅插图上，图中画着一群模样像龙的翼龙在袭击几位不幸的探险家。肯尼合上书，把它放到标有"最新到货"的展台上，和其他的新书排列在一起。无意间，他听到了书店另一端即儿童书架后面的谈话。

"我想要这本书。"一个稚嫩的声音说。

他的妈妈回答说："宝贝对不起，咱们买不起那本书。你得去打折书的箱子里挑一本。"

"可我就想要这本书！"

乔治开口招呼道："你们好啊！"

"哦，您好，乔治先生，"狗妈妈说，"欢迎您归来。"

"谢谢您，"老骑士回答，"为了庆祝我的归来，我们举办了一场特别的促销活动。对了，今天是'家庭图书日'，我要给每个到我店里来的家庭赠送一本书。所以，我应该把这本书送给你们。"

"真的吗？"小狗兴奋地尖叫起来。

"你应该说什么？"狗妈妈问。

"谢谢您，乔治先生。"

狗狗全家排着队走出了书店大门，每只狗狗都抓住前面狗的尾巴。队伍最前面的小狗把书紧紧地贴在胸前，肯尼没看到书的封面。离开书店之前，狗妈妈转身对乔治说："您真是个好人。"说完，很快地在他脸上亲吻了一下。

他们离开后，老骑士关上了门，他站在窗前，目送着狗狗一家离去。之后，他深深地叹了口气，说："我爱这个小镇，我会想念它的。"

"想念它？"肯尼不明白，"您才刚刚回来呀。"

休息中

柳林风声

了不起的狐狸爸比

"我知道。"乔治转过身看着他,声音变得非常柔和,"肯尼啊,我有些新的消息要告诉你。"

"什……什么消息?"

"国王已经任命我为他的大臣。我将前去担任他的皇家顾问了。"

"听起来挺不错的啊!"

"是挺不错的。"乔治跪下来,一只爪子搭在肯尼的肩膀上,"但这意味着,我需要把家搬到皇家城堡去了。"

这时仿佛是乔治拿了一块石头,猛地打在肯尼肚子上。"你要……搬家?"他惊愕得几乎说不出话来。

乔治继续往下说着,但肯尼耳朵里听到的只有只言片语。老骑士指着周围那些超负荷的书架,说:"老实说吧,小伙子,经营这个书店对我这个年纪的人来说,确实是太困难了。"

肯尼避开乔治的目光,低头看着地板上的木板。

"我知道,你很难接受这件事,我也实在是很抱歉要离开这里,但当国王召唤的时候,我必须要响应啊。你明白吗?"

肯尼哽咽了,点点头,说:"嗯,我明白。"其实他不明白,不真明白。但他知道这是大人常说的话，也是乔治想听到的，所以他就这样说了。

　　"真是个好孩子。"乔治走过去，伸出双臂，想要拥抱他。

　　肯尼没有回应，只是说："我得走了。"

第五章 "你好"的另一半

那天晚上，肯尼根本就没怎么动餐桌上的蔬菜杂烩。妹妹们各种危险荒唐的行为让爸爸妈妈忙得不可开交，完全没时间谈论乔治即将离开的事情。当妈妈带妹妹们去上床睡觉时，肯尼忙着收拾桌子，把脏盘子放在厨房的台面上。爸爸站在水槽边，擦洗着一个沾有烧焦食物的烤盘。

"今天你过得不太顺心，对不对啊，阿肯？"

肯尼什么也没说。乔治要离开的消息，再加上夏洛特把时间都花在她的新朋友身上了，这两件事在他的脑海里挥之不去。他气哼哼地用湿抹布用力地去擦妹妹们留在桌面上的污渍。

爸爸长长地叹了口气。"我知道今天早上我让你很不好受。只是我不喜欢那些破汽车。我每天都看到越来越多的汽车在路上肆无忌惮地横冲直撞，扰乱了我们宁静的生活。"他边说边用水冲洗着盘子，"但是我明白一件事——它们既然来了，就不会离开了，我是阻止不了的。这就是改变，孩子。无论你喜欢或者不喜欢，它都会发生。你可以花时间去跟它抗争，要不就只能试着去接受它。"

"我不愿接受乔治要搬走的事。"肯尼说。跟爸爸的意见不同感觉挺好，尽管肯尼也说不清楚自己为什么会有这种感觉。

"我知道在目前看来，这件事似乎令人无法接受。不过你只要尽力而为就好，要诚实地对待自己的内心。其实有的时候，改变还是会带来一些好处。"

一听这话，肯尼就将手中的脏抹布一把摔在地上。"我的朋友离开我，能带来什么好处？"

"那么老格雷厄姆呢？他是你最好的朋友，而且他还在这里。我想他永远也不会离开的……至少，只要你妈坚持给他做饭吃，他就不会离开我们。"

肯尼终于笑了起来。

爸爸擦干了爪子，转过身来对肯尼说："说'再见'从来都不是一件容易的事儿，阿肯。但这是说'你好'的另外一半。一旦我们说了'你好'，它

的另一半迟早都会出现。”

肯尼听懂了，点点头。

爸爸又接着洗碗。“你总会有机会再见到老乔治的，还有夏洛特。她跟你一样，也在忙着上学啊。”

“我知道，只是……有时候，挺不容易的。”

“是不容易。不过你知道什么事情容易吗？在你不得不说了‘再见’之后，再见面的时候说‘你好’。”爸爸把洗好的盘子摆在控水架上，“国王本人亲自邀请乔治做顾问，这是无上的荣耀啊。你应该为你的朋友感到高兴……而不是像湿乎乎的雨云一样，闷闷不乐。”

肯尼做完了分内的家务活，向车库走去，他那辆打不着火的小汽车就停在那里。空气中仍然弥漫着引擎过热的气味。他爬上驾驶座，闭上了眼睛。

他想象着，自己亲自驾驶着这辆擦拭得锃亮的小汽车上了路，发动机隆隆作响。格雷厄姆手里拿着行车路线图，坐在副驾驶的位子上。乔治、夏洛特以及肯尼的朋友和家人，都含着眼泪跟他们告别。“再见！”肯尼大声向他们喊道，“我们必须要走了。”他们恳求他留下来，但他和格雷厄姆继续行驶，直到

汽车离开人们的视线。

　　接下来的一周，肯尼忙着做功课、干家务，还得照顾他的妹妹们，忙得几乎没时间跟格雷厄姆见面，更不用说得空去修理他的汽车了。他尽量不去想乔治搬家的事情，即使爸爸妈妈提起来。然而，到了周末，他不想也不行了：肯尼妈妈邀请老骑士到家里来吃晚饭。

　　全家人围坐在桌子旁，乔治坐在主位上。格雷厄姆按照惯例，坐在兔子家屋外的位置，他把巨大的脑袋从餐厅敞开的窗户里伸了进来。"这道南瓜浓汤简直太美味了。"他用舌头舔着卷在尾巴尖上的勺子说。

　　"真的吗？谢谢你，格雷厄姆。"肯尼妈妈说。整个晚餐时间，她几乎都没能坐下来吃口饭，她不停地用围裙角给每个女儿擦脸上沾的食物。"这是我祖父传下来的老食谱了。他的秘诀就是，在汤里加一个苹果。"

"我觉得我在汤里尝到了一点儿史密斯奶奶[1]的味道。"格雷厄姆眨了眨眼睛说。每个人都笑了起来，包括肯尼在内。

"这确实是一顿非常精美的晚餐。"乔治补充道。他把椅子往后挪了挪，站起身来，高高地举起杯子。"亲爱的兔子全家，感谢今天的丰盛晚宴，感谢你们多年来的盛情款待。我将会怀念今晚我们发自肺腑的谈话，会想念兔妈妈杰出的厨艺，并且期待着，下次回来看望你们。"

大家彼此碰杯，一饮而尽。

"我亲爱的格雷厄姆，"乔治递给他一本用包装纸包好的书，"我要感谢你开放的思想和包容的心态。你确实教会了我这老骑士，不要以封面来判断一本书。"

"听听，听听！"格雷厄姆说。大家又都干起杯来。

乔治转向肯尼。"我亲爱的书友、棋友和小绅

---

1 史密斯奶奶：一种原产于澳大利亚的青苹果。

士，我感谢你的勇敢、坦诚，最重要的是你的友谊。你身上的宝贵品质是无人可以替代的。"

肯尼对老爵士报以微笑，尽管这对肯尼来说实在不易。

"我还要把这个送给你，"乔治从背心口袋里掏出一个信封，递给肯尼，"愿它能够提醒你，尽管许多故事已经有人讲过了，但是你的故事，还远远没有结束。"

当肯尼接过信封时，他感觉所有的目光都聚集在他一个人身上。

"那里面是什么呀，妈妈？"一个妹妹问道，回应她的是叫她不要出声的"嘘——"。

乔治指了指信封。"动手吧，小伙子，把信封拆开。"

肯尼撕开信封，一把铸有BB字母的黄铜大钥匙落到了他的掌心。他抬起头来望着乔治，嘴巴张得老大，却一句话也说不出来。

"是的，"乔治点点头说，"书店是你的了。"

肯尼妈妈吃惊得倒吸了一口凉气。

"我……我不……觉得我可以。"肯尼两眼呆呆

地盯着手中的钥匙。

"哦，没那么难吧，"乔治说，"实际上，这个书店已经是你在经营了。"

肯尼把钥匙放在桌子上。"不，我不能接受这个。" 他把钥匙推给乔治，"这并不是因为我不感激你把书店交给我，而是因为……因为我不想让你走。" 他向老乔治扑过去，紧紧地抱住了他。

"你是个好小伙，肯尼。"乔治拍着他的后背说，"这个小镇需要图书，而你就是这个工作的最佳人选。夏洛特跟我说过，她特别高兴能和你一起在书店工作。再考虑一下，好吗？"

肯尼擦擦眼中的泪水。"好的。"

乔治露出狡黠的笑容。"咱们在去往城堡的旅途上，还可以继续深谈。"

"咱们的旅途？"

"是啊！" 乔治使劲儿地拍了一下手，"那天你刚离开书店，我就找到了一本'捷特小跑车'用户手册。当晚我就把它交给了格雷厄姆，他立刻动手，通宵达旦地修理你的汽车。"

肯尼把目光转向格雷厄姆，只见他正拼命地掩饰即将爆发的大笑。"你把我的汽车修好了？"

"大大的惊喜！"格雷厄姆叫了起来，"不过，我只是动手干活儿的——车子的毛病还是你自己发现的。”

"我发现的？"

"没错。是水泵出了故障。" 格雷厄姆说话的口气带着一种老练的汽车修理工满满的自信，"我还顺手处理了几个别的小毛病。"

乔治向肯尼伸出爪去。 "你的父母已经同意你开车送我去城堡了——"

"……只要有我跟在汽车后面就行。"格雷厄姆接着他的话说。

"那么……你们怎么说呀？"

肯尼看看自己的爸爸妈妈。他们俩对他点点头，同意了。

肯尼乐得嘴角咧到了耳朵边上。

"我说——咱们什么时候出发？"

第六章　皇家贵宾

三个朋友用了整整一天的时间，马不停蹄地驱车赶路，除了给汽车加油时稍停片刻之外。最后他们终于赶在太阳下山前到达了城堡。

尽管车前的挡风玻璃上沾满了尘土，但透过它看皇家城堡——在起伏的金色群山映衬下，城堡非常美丽壮观。石灰岩塔身上的木瓦尖顶高耸入云，比大树的树梢还要高。肯尼的汽车隆隆地驶过一扇锻铁大门，沿着鹅卵石车道驶向城堡的入口。

"我好喜欢这个季节。"格雷厄姆说，"树叶颜色的变化永远是一道亮丽的风景线。"

乔治在副驾驶座上朗诵了起来："每一片飘落的树叶都向我诉说着幸福。"

"啊，勃朗特的诗句真美啊！"格雷厄姆回应，"我也来上一句：狂野，是秋风在枯林中的奏鸣曲。"他一边朗诵，一边挥动着巨大的翅膀，扇起路上的落叶，让它们在沙沙沙的和鸣声中旋转飞舞。

乔治不禁用力地鼓掌。"这是英国诗人威廉·华兹华斯的诗句！我的最爱之一。"

肯尼把车停在城堡前的环岛路边。圆形的车道中央有一座多层喷泉，中心竖立着一尊青铜雕塑。常春藤覆盖的城堡正面呈现出一片深绿色，周边花园里有各种漂亮的园林景观。

（顺便说一句啊，弗利特大师想让我告诉你们，他本人就是从这里开始，进入这个故事的。）

弗利特站在入口处的石阶上，向他们挥手致意。"他们来了！我们的皇家贵宾：肯尼少爷、传奇人物格雷厄姆，还有乔治·E.獾爵士。欢迎你们来到斯通霍恩城堡！"

肯尼跳下车，伸了伸长时间开车后疲劳的双腿。尽管这次他是来给乔治送行的，但还是很高兴能有机会再次参观这座城堡。"您好，什鲁斯伯里先生！"他问候道。

弗利特紧紧地握着他的手说："你们是多么亲密又忠诚的好朋友。我非常高兴你们能够亲自护送国王

64

陛下的皇家历史学家到这里来，送他到他的新居。"

乔治茫然不解地看着弗利特。"请稍候，皇家历史学家不是阁下吗？"

"哦，对了！当然！而您是皇家顾问。我糊涂了。"弗利特陪着他们走上台阶，"我们在一个非常独特的地方准备了一桌丰盛的晚餐，是我特意为你们安排的。"

"唔！晚餐吃什么呀？"格雷厄姆搓着两只手问，"飞了这一路，我肚子都饿了。"

"哦，都是你最爱吃的菜，"弗利特挤了一下眼睛说，"乔治爵士，工作人员会保管好你们的物品。"他向车那边做了个手势，几个仆人就开始卸行李了。"不用担心。我们很快就会让你们安顿下来。现在，请跟我来，我这就带你们去住处，让你们可以在晚餐前稍事休整。"

———— ❧ ————

到了晚餐时间，弗利特把客人们召集在一起，领着他们从城堡里面穿过去。他们先走过一个大厅，两旁陈列着擦得锃光瓦亮的盔甲，墙上挂着绣有各种神兽图案的精致挂毯。

格雷厄姆在一张挂毯前面停了下来，眯缝着眼睛

欣赏刺绣，画面上的花园里有一只独角兽。"我认识她。她叫索菲亚，一个非常可爱的姑娘。过去我们常常在一起谈论园艺。也不知道她后来怎么样了。"

"请这边走。"弗利特说着推开了拱形的大门，门楣上雕刻着"斯通霍恩图书馆"的字样。

图书馆里高高的拱顶天花板上装饰着色彩鲜艳的壁画。肯尼跟着弗利特走了进去，他望着天花板，感到头晕目眩。靠墙边陈列着高高的书架，上面摆满了各种书籍和古代文物。

"哇！"肯尼用爪子摸了摸《大百科全书》书脊上的烫金字母。

"这都是皇家宝藏啊！"格雷厄姆扭动着身体挤过大门，走进图书馆。

"这里共有四万多种图书，"弗利特自豪地说，"其中许多书还有多种语言版本。"

乔治禁不住吹了一声口哨，说："这么多书啊！"

这时，房间里传来一个响亮的声音："乔治爵士，您是否有一种回到家的感觉呢？"只见斯通霍恩国王张开双臂走了进来。陪同他的是王后和他们的两个儿子，还有一个小女儿。"您知道吗，是斯通霍恩王后建议我聘用您的。"

"噢，那她绝对是个聪明人啊。"乔治低头亲吻

着王后的爪子。

国王哈哈大笑，拍了拍乔治的肩膀。"真高兴你回家来了，老伙计。"

肯尼看着两个老朋友紧紧拥抱，尽量不让自己的感伤显露出来。乔治确实是回家了。

国王转向肯尼和格雷厄姆。"欢迎欢迎，小伙子们。你们觉得我们这个小小的家宴怎么样啊？"他指着摆在图书馆中间的一张大餐桌说道。只见一个瘦高的男管家站在桌边，指挥着一群仆人往玻璃杯里斟酒，再把餐具摆放到折叠得整整齐齐的餐巾布上。斯通霍恩国王继续说道："当然，这都是弗利特的主意。实际上他就住在城堡里。"

"谢谢您邀请我们过来，国王陛下。"肯尼说。"还有王后殿下。"他又鞠躬补充了一句。王室成员们点点头，笑了。

"是这样的，千真万确！"格雷厄姆说，"我都等不及要——"

话没说完，突然听到上空"嗖"的一声响。所有人都转过头去，只见从图书馆敞开的大门外飞进来一只巨大的蝙蝠。

"你是谁？"国王问道。

大蝙蝠在头顶上盘旋，吓得仆人们四处逃窜。而这时，肯尼突然发现，这根本就不是一只大蝙蝠，而是一本带魔法的飞行书。书脊上骑着一个披斗篷的骑手，在张开的巨大封面和封底映衬下，那骑手看起来非常渺小。魔法飞行书在降落到大理石地板上之前，"啪"的一声合上了，骑手从书上走下来，同时扣住了皮革封面上的金属扣子。

"谁如此大胆，竟敢扰乱王室活动！"王后呵斥，"而且还骑着飞行书闯进来！这是什么鬼把戏？"

"全体后退！"乔治从陈列品中抄起一把宝剑，站在陌生的骑手和王室之间，随时准备战斗。

"哦，不要紧张嘛。我不会伤害任何人。"声音

又尖又细。骑手拄着拐杖，慢悠悠地向客人们走去。

"我命令你，立刻站住，露出你的真面目！"国王用权杖指着骑手。

"当然。我忘记了，跟您这种身份的人打交道，要多很多麻烦事。"两只瘦骨嶙峋的爪子从头上扯下了宽边帽，一只年老的白毛负鼠的脑袋露了出来。她在破旧的斗篷里面摸来摸去，最后从一个隐秘的口袋里掏出来一个纸卷。在揭开的蜡封上，能看见有皇家的印章。"国王陛下，我收到了您的召见令。"

"召见令？"国王问。

"是啊。"老白毛负鼠抬头看着国王。她的一只眼睛浑浊，显然已经患上了白内障。"在下埃尔德里奇·奈斯比特，前来复命。"

第七章　怪兽的本能

"奈斯比特？"弗利特手里拿着这封几个月前由他发布的召见令，"《怪兽书》的作者吗？"

她点了点头。

"但是……但是，您那本书是早在几百年前印刷的啊。"

肯尼已经被魔法飞行书和面前的这位古老的负鼠弄昏了头。"你怎么还……嗯，你知道——"

"还活着？"她龇牙咧嘴地笑着，替他完成了问话，"我自有我独特的秘方。"

国王接着问她："但你为什么偏偏选择在这个时候来复命呢？"

"哦，魔法书的飞行速度就是这么快。"奈斯比

特咯咯咯地笑着回答，"我长期住在国外，但您的召见令最终还是传到了我的手中……所以，我立刻就赶过来了。"

"你来得还真是时候。"王后加上了一句。

"哦，那是因为你们这里来了一只怪兽。"奈斯比特用手杖指着格雷厄姆说，"我在几英里之外就能闻到他的气味。"

"怪兽？"格雷厄姆怒气冲冲地说，"我更愿意被称为神兽。"

"呸！"奈斯比特不屑地挥了挥手。

"好了，好了。"国王示意大家冷静下来，"格雷厄姆对我们并没有任何威胁。"

"格雷厄姆，是这样吗？" 奈斯比特在餐桌旁坐了下来，"恕我直言，国王陛下，您最后一次亲眼见到龙是在什么时候？"

"我们当中有谁曾经在什么时候见过真龙吗？"乔治说，"除了格雷厄姆之外，现在根本就没有其他的神兽了——没有狮鹫，没有独角兽，也没有蛇怪了。我满世界地搜寻他们的踪迹，结果无功而返。"

"你再也不可能找到他们了。"奈斯比特提起银果盘上的钟形玻璃罩，从盘子里抽出一根胡萝卜。

"真是这样吗？"国王问，并示意乔治把宝剑放下。

"是啊。他们已经销声匿迹了几十年，这让我们脚下的土地更加安全了。"奈斯比特尝了尝胡萝卜，"这样对你们更好，对他们也更好。相信我，我知道有关怪兽的一切，所有的一切。"

"这样说来……他们并没有灭绝？"乔治说这话的口气让人觉得他根本不相信这种说法。

"没有，没有，没有灭绝。"奈斯比特拿着那根胡萝卜，指着仍旧手握宝剑的乔治说，"毕竟，本人是永远不会去杀害一只怪兽的……不像某些怪兽那样。"

"哎，你等一下——"

"哦，别紧张啊，忠诚的骑士。您很可能只是

73

在遵照上边的命令行事。不管怎么说吧，大多数的怪兽都是……难以捉摸。"奈斯比特咬了半根胡萝卜，"因此，他们对于大众来说，是非常危险的。"

"大众对他们来说，也是非常危险的。"格雷厄姆说。

奈斯比特点头表示同意："千真万确。"

"但毕竟那都是早年间的事了。"国王说完，肯尼又补充道，"现在的情形已经不同了。"

"是这样的吗？"奈斯比特问。

"是啊，这还要多谢那些像肯尼一样富有爱心的国民。"乔治回答道。

奈斯比特转身面对格雷厄姆。"拉丁语里面的Draco antiquissimus 有时候被称为欧洲蛟龙，有时候被称为旧世界巨龙。这是一条成熟的雄龙，从他身上披着的鳞甲就能看得出来。"

弗利特用爪子捂着嘴巴，在国王耳边轻声低语道："陛下，她的确是知识渊博啊。"

"是的，我确实知识渊博。而且我还可以告诉你们，当今世界的情况有可能'不同'了，但并没有真正的改变。"奈斯比特用手爪抚摸着格雷厄姆的尾巴，同时用指尖敲打着尾巴上的鳞片，发出"咔咔"的声响，"你们把如此优秀、如此罕见的龙，都带到这里来了。”

“哦，谢谢您的夸奖。” 格雷厄姆听到她的恭维，高兴得眼睛直放光。

“龙，不仅仅会渴慕欣赏所有美丽的东西，就像我们面前的这一条，而且每隔几个小时还需要吃一顿美餐。所以，国王陛下，您最好还是让他离您漂亮的小女儿远一点儿。”她捏着嗓子怪声怪气地说，“有可能半夜他肚子饿了，还想找点儿什么东西当夜宵吃呢。”

“什么？！不要吃我！” 国王的小女儿大哭着跑了出去。

格雷厄姆想要拦住她。“我怎么敢哪！殿下！”

斯通霍恩王后狠狠地瞪了奈斯比特一眼，急忙去追赶自己的女儿。奈斯比特在一片混乱之中咯咯咯地笑着。

“够了！” 斯通霍恩国王怒吼道，他的眼睛在烛光下闪烁着怒火。

弗利特犹豫不决地靠近国王。“我……我相信这只是个玩笑，陛下，”他紧张地苦笑着说，“她肯定很有幽默感的……所以……”

“太过分了！”肯尼说。

奈斯比特向国王行了个屈膝礼。“请您原谅，

陛下。如果我陈述的这些简单的事实冒犯了您的公主，在下深表歉意。"

"听好了，我也告诉你一个简单的事实：管好你的舌头，否则你注定要失去它。"国王说。

奈斯比特面对着国王，愣住了，随后又很快镇定下来。"那好吧，让咱们言归正传。在下收到了陛下您的召见令。敢问陛下，有什么需要为您效劳的吗？"

国王向弗利特示意，弗利特走上前去，清了清嗓子说："国王陛下有旨，皇室要征用你的《怪兽书》，我们要用于重印。"

她摇了摇头说："哎呀，我手中并没有这本书啊！"

"那么你知道我们在哪里可以找到这本书吗？我们的图书馆好像——"

"在下一无所知。抱歉。" 说着她转身就要走。

"你那本会飞的书不是吗？" 肯尼指着那本大书问道。

"这本书中包含的远古信息，严禁对外泄露。这本书不是为你们这样的人准备的。"奈斯比特说。她又转头问国王："陛下召见，就只是为了这件事吧。"

"并不尽然。"弗利特回答。他从书架上拿出一本家喻户晓的书，放在旁边的桌子上。印在封面上的书名是《国王的皇家动物故事集》。"我们想要请您做的是，修订和编辑这本书。"

奈斯比特戴上一副老花镜，一边翻着书，一边还不停地发出啧啧声。"我的研究成果，就像一条条无聊的小道消息一样，被人随随便便地不断复制和传播。" 她厌恶地抽了抽鼻子，合上了书，"不过这已经不重要了。怪兽们早就消失了，这已经让每个人都很开心了。为什么还要煞费苦心地去修订它呢？"

"嗯，首先，并不是每个'怪兽'都消失了。"格雷厄姆说，"毕竟，我还在。"

"……书中的事实也不够准确。"乔治补充道。

　　"我们希望每个人都能看到事实真相。"肯尼说。

　　奈斯比特摘下眼镜，摇了摇头，说："你认为的事实真相在别人看来，却只是虚构伪造。我们只能看到我们自己想要看到的事实真相。"她依次指着他们每一个人说："你是朋友，还是仇敌？你是王者，还是臣民？你是怪物，还是救世主？所有这一切都仅仅取决于观望者能够看到的东西。"

　　"但事实真相却是客观存在的，"国王接着说道，"这一点非常重要。"

　　"也就是你这么说。"奈斯比特耸了耸肩膀答道。

　　"小心你的言辞。"乔治挥了挥手中的剑，"你这是在和国王陛下说话。"

"好了，好了，乔治爵士，"国王说，"我认为现在我们需要做的，是要达成一个共识——让我们共同努力，找到一个和平的解决方案。"他放下权杖，为客人们倒酒。他亲自把一杯酒递给奈斯比特，然后继续说道，"我小时候，曾经见过一只兔子，就像现在的肯尼一样，头上长着一只角。"

"独角兔？"肯尼问。

"对，独角兔。"奈斯比特说。

斯通霍恩国王继续说道："当我对朋友们描述我看到的事情时，他们都笑话我、戏弄我。当我把这件事告诉父母时，他们称赞我有生动的想象力。然而我知道自己看到了什么，就像你们现在坐在我面前一样真实。尽管我承认，这么多年过去了，我也开始怀疑自己的记忆是否真实，怀疑这种生物是否真的存在……直到今天，活生生的格雷厄姆真的来到了我们面前。"

"我感受到了一种很久以来都没有发现的惊奇。世界上还有魔法有待发现。我也看到这种想法是如何激励着我自己的小牛宝宝。他们那么渴望了解我早年见过的长角的兔子……呃，独角兔，孩子们相信我故事里讲的每一个字。"

"那就给他们看这本书吧。"奈斯比特指指那本

《国王的皇家动物故事集》说。

肯尼打开这本动物故事集，浏览了一下书中的文字内容。他翻到"龙"的标题时，大声念了出来："所有的龙都会杀人。"

"这是一个骇人听闻的谎言。"格雷厄姆斩钉截铁地说。

"怪兽的本能是无法否认的。"奈斯比特说。

"他就不会杀人。"乔治指着格雷厄姆说，格雷姆特正在忙着折叠餐巾布。

"嗯，除非给我一块蛋奶酥，要不然……得小心着点儿！"格雷厄姆龇牙咧嘴，夸张地摆出一个攻击的姿势。

"明白我的意思了吧？这就是以猎食为动力的杀戮。"奈斯比特得意地笑着说。

"什么？慢着，事实并不是这样。"格雷厄姆开始争辩了。

斯通霍恩国王深深地吸了一口气，先让自己冷静下来，然后才开口说道："奈斯比特夫人，因为您是仅有的一位对所有神秘动物都有深入了解的人，而且您现在也没有我的历史学家所需要的那本大部头的巨著了，所以我要求您，立即开始修订《国王的皇家动物故事集》中的信息。"

"那我现在就可以告诉您，所有的怪兽都是嗜血成性的，"奈斯比特说，"您越早接受这一点，就越——"

国王用手爪狠狠地拍了一下桌子。"我不需要知道你的意见，也不想听你的判断。我要的，仅仅是事实。这是我的旨意。你能否做到？"

奈斯比特瞥了格雷厄姆一眼，然后又转过头去看看国王，她的胡须不停地抽动着，她在考虑如何回复。"那好吧。"说着，她拖着脚步向那本巨大的飞行书走去。当她动手去解开大书的扣环时，书的封面嘭嘭作响。

"给我两周时间，修订书稿应该是足够了。"

"很好！"国王松了一口气，拍了一下爪子，说，"这样一来，问题就解决了。弗利特，准备好印刷机——"

"但是恐怕您不会喜欢我对这些事实的陈述。"奈斯比特跨上了她的飞行书，"事实真相可能只会让您的臣民们感到不安。"

"那就留给我来判断吧。"

"如您所愿！"奈斯比特向国王鞠了个躬，"如果可能的话，我请求今晚让我在城堡里过夜。我想在离开皇宫之前，多收集一些研究资料。"

　　"当然可以。"国王回答道。

　　"谢谢您，国王陛下。"奈斯比特笑着说，"如果您允许的话，在下就告辞了。长途旅行让我这只老负鼠感到非常疲惫。"

　　"好的，好的。弗利特这就去为您安排住宿。"这位皇家历史学家立刻离开了图书馆。"我会让皇家出版社知道，《国王的皇家动物故事集》的修订版很快就要问世啦！"

　　"祝大家晚安！"奈斯比特说话的时候，飞行书巨大的封底和封面已经像鸟儿的翅膀一样张开，载着她从图书馆里飞了出去。

乔治把宝剑放回到陈列架上。肯尼皱着眉头，望着奈斯比特远去。

"货真价实的老巫婆！那巫婆还真有点儿胆量。"格雷厄姆一口把杯中的饮料灌进肚里。

"别担心，格雷厄姆。弗利特会去监督奈斯比特的工作。任何关于你们龙族的不实描述，都会被纠正过来。"斯通霍恩国王在桌子的主位上坐了下来，"好了，让我们开始用餐吧。谁肚子饿了？"

第八章　诡异的呢喃低语声

对于像龙那样身材高大的宾客来说，皇家大舞厅的规模简直是太完美了。它既华丽又温暖，而且最重要的是，它离厨房很近。肯尼、乔治与格雷厄姆一起，坐在噼啪作响的火炉旁，低声地说着话。

"那么……她到底是个魔法师，还是个巫婆呢？"肯尼问道。

"很难说，小伙子。但我已经很久很久没见过像她那样的人了。"乔治端着热气腾腾的茶杯说，"我还是想不通她怎么能够在世上活这么久。如果她真是《怪兽书》的作者，那她就该有三百岁了。"

"飞行书？活了几个世纪？她很可能就是个老巫婆，那她施行的可不是常见的普通巫术。"格雷厄姆摇着头说，"她使用的是一种非常强大的魔法。"

"你是指黑魔法？"乔治问。

"她身上穿的是黑棕色的衣服。你觉得会是什么呢？"格雷厄姆说着，喝了一口锡罐中的甘菊茶，"不过，老实说，她应该挑个更有意思的故事，接着往下编。"

肯尼说："我们在家打牌的时候，每当看到妈妈的胡须猛烈地抽动——就像奈斯比特刚才那样——就说明她是在虚张声势。我看，奈斯比特一定在有意隐瞒着什么。"

"只要是魔法师，无论是仁慈的还是恶毒的，都藏有不可告人的秘密。"格雷厄姆说。

乔治喝完了杯中最后一口茶，继续说道："这可能不是什么好兆头。我们最好密切地注意她，看看她究竟要做什么。"

格雷厄姆说："我认为咱们不必理会她，把她留给斯通霍恩国王去对付。"

肯尼和朋友们在这安静的房间里放松了身心，他体会到一种很长时间没有过的舒适感。他打了个哈欠，躺在睡垫上，闭着眼睛听他们聊天。他已经把乔治将不会跟他一起回家的忧愁抛到了脑后。这时，一阵低沉的咕噜声打断了他们的谈话，肯尼睁开了一只眼睛。

只见格雷厄姆拍着自己的肚子说："现在我该吃甜点了。"他对肯尼眨眨眼，然后向厨房溜了过去。

乔治看着他走进厨房，忍不住咯咯地笑了起来。"嗯，我想那个老太婆说的某些话也还属实。"他转头对肯尼说，"晚安，小绅士。谢谢你护送我过来，我真高兴你亲自把我送到这里。"

"不客气。"肯尼一把拉过毯子，蒙住了自己的脑袋。

⸻⸻❧⸻⸻

格雷厄姆的鼾声震天响，以致根本没听到回荡在舞厅里的十二响钟声。但是当钟声开始响起的时候，肯尼就惊醒了。他揉揉眼睛，赶走睡意，一时竟想不起自己在什么地方。他的好朋友像只超大的猫咪一样蜷缩在他身边。肯尼把枕头拍松软，想让自己睡得更舒服些，但他还是不由得想起了奈斯比特。

这时，一阵非常诡异的喃喃低语从敞开的大门外传了进来。肯尼起身点燃了一支蜡烛，沿着石头走廊向图书馆的方向走去。他的耳朵循着声音传来的方向旋转，跟着声音，他走到了一扇关着的大门前，门上的钥匙孔中透出一缕亮光。他踮起脚，朝钥匙孔里看去。

房间里面，奈斯比特正背对着房门坐着。她面前平铺着那本巨大的魔法书，整个房间被书中发出的怪异光芒照得通明透亮。肯尼看到她的背影。她将羽毛笔浸入墨水瓶，然后在书页上涂写一些无法辨认的象形文字和神秘的图画。同时，她用轻柔的声音低声吟诵着一些肯尼完全听不懂的话语。

"Mox draco flammas exspirans in meum librum inibit...（拉丁语：过不了多久，巨龙就会到我的书中来喷吐火焰……）"

同时，她用细长的字体写下了"格雷厄姆"几个大字。

肯尼顿时吓得倒抽一口凉气。这时奈斯比特突然停住笔，猛地转过身来。肯尼立刻从钥匙孔前闪开。他屏住呼吸，一动也不敢动，一直等到吟诵的声音再次响起，才敢接着窥视房间里的动向。奈斯比特已经在继续写作了，似乎并没有发觉他。而肯尼注意到一面挂在对着大门的墙壁上的大镜子。镜子里映出了书的封面，但图像是反的，所以很难读出书名。趁奈斯比特翻书时，肯尼眯缝起眼睛，辨认出扉页上的几个字——

怪兽书，埃尔德里奇·奈斯比特著。

"干什么呢？"格雷厄姆在肯尼身后轻声问道，

吓得肯尼一下子跳了起来。他转身一看，格雷厄姆将一个美味的水果蛋挞送到了他的面前。

"谁在外面？"奈斯比特在房间里高声问道。门开了，她那张长着鼠须的脸露了出来。她朝黑暗的走廊里张望，但什么也看不见，只有烛台照出的黑影在晃动。

肯尼和格雷厄姆匆匆赶回自己的住处，决定第二天一早就把他们的发现报告国王。他们俩回到舞厅，关上门。格雷厄姆没过几分钟就睡着了，而肯尼却辗转反侧，怎么也睡不踏实。他断断续续地睡着，被一个梦境惊扰着。他在学校里，但好像怎么也找不到学校大门的出口。朋友们不顾他的苦苦恳求，一个接一个地离他而去。最后一个离开的是格雷厄姆，只留下肯尼孤身一人。

黎明时分肯尼醒来，发现格雷厄姆不在屋里。他一准儿是去吃早餐了，肯尼伸展着四肢，心想。这时一个男仆走进舞厅，拨弄着炉火。

"早上好，肯尼少爷。希望您昨晚睡了个好觉。早餐将在整点准时供应。"

肯尼打了个哈欠说："我猜格雷厄姆已经在那儿等着了吧。"

"您是说格雷厄姆吗，先生？"男仆停下了手头的活儿，"今天早上我还没见到他呢。"

肯尼脖子上的毛发顿时竖了起来，脉搏跳动加速。他三步并作两步穿过舞厅，猛地推开大门，差点儿撞倒了站在门口的乔治和弗利特。

"我的小绅士！"乔治看到了肯尼脸上焦虑的表情，"出什么事了？"

肯尼指着大厅，语速非常急促："昨天晚上……我想……奈斯比特一定是对格雷厄姆做了什么……她手里有那本《怪兽书》！"

"她找到那本书了吗？"弗利特啜了一口茶，"这是个好消息啊。"

"不！那本书本身就是有魔法的！我们得赶紧走！"他从两个朋友中间挤了过去，沿着走廊，撒腿就跑，乔治和弗利特紧紧地追随其后。

肯尼使劲儿用拳头砸奈斯比特紧闭的大门，没有回应。"格雷厄姆！格雷厄姆，你在里面吗？"他大声呼喊着。乔治用自己的肩膀拼命地撞门。门被撞开了，但屋里空空荡荡——除了奈斯比特的那本大魔法书平放在地上。

"这里没人。"乔治把地上的床单拉回到床上。

"这就是那本《怪兽书》吗？"弗利特走上前去，翻阅着巨大的书页，"一定是。啊，是的，这里有一个关于'龙'的条目……哼，这也太奇怪了。"

"什么东西那么奇怪？"乔治问。

"嗯，这里有一个空白的条目，上面写着我的名字。"他指着书页上的文字，"看到了吗？上面写着'弗利特·什鲁斯伯里'"。

这话刚一离开弗利特的嘴边，就听到空中一声呼啸，魔法书随即"啪"地合了起来，弗利特不见了。（弗利特大师告诉我，他当时的感觉并不像看上去那么痛苦。）

"噢，不！"肯尼跑过去救他，可那本书就像一只巨大的蛤蜊，疯狂地扇动着书页。

乔治撑着床纵身一跃，落到书脊上，两只爪子死死地抠进书的皮革封面里。"快放他出来！"魔法书在他的重压之下疯狂地挣扎。

肯尼伸出手，想要去拿书中夹着的一张纸，但每次他伸手去抓的时候，魔法书都会向他发起猛烈的攻击。他只好绕着书的周围跑，想找到一个更好的角度。

"快点儿啊，我快撑不住了。"乔治吃力地大声叫嚷着。

肯尼抓住书页的一角，用力把书撬开。

"他没事吧？"乔治问。

肯尼总算设法往书里看了一眼说："我没看见他，只看到上面画了一只大猫，名字叫丹-蒂。"

书的封面猛地一下打开了——乔治和肯尼被书皮撞击到房间的另一边，石头墙壁回荡起一阵低沉而又震撼的吼声。

这时一只比狮子还要大的怪兽从书中蹦出来，落在床上。它发出恐怖的"嘶嘶"声，同时抬起了自己的蝎子尾巴。

这时，上方传来一声尖叫。只见奈斯比特从椽子上掉下来，跌落在她的书上。"Evanescimus!（拉丁语：我们消失！）"她尖叫着打了个响指，然后就跟她的书一起，消失在一团蒸汽之中。

"哎哟！一股臭鸡蛋味儿。"肯尼皱着鼻子叫道。

狮子模样的怪兽发出一声低沉的吼叫，一双大眼睛瞪得滚圆，在烟雾中闪闪发光。

　　"往后退，肯尼！"乔治把他推到一边，"这是蝎尾狮，非常危险。"随即他拔出了剑。

　　蝎尾狮和乔治在房间里慢慢地兜圈子。肯尼看到剑的利刃在乔治的手中晃动。老骑士低声说："我掩护你去门口，小伙子。我要你去寻求援助，听懂了吗？"

　　肯尼的心脏剧烈地跳动，几乎听不到乔治在说什么。

"你听懂了吗？"

肯尼点点头。

怪兽咆哮着，露出两排鲨鱼般的牙齿。他越过床头朝门口猛扑过去，挡住了肯尼的路。乔治用剑向蝎尾狮猛劈，但他灵巧地躲开了。随后，他吐了一口唾沫，用他巨大的爪子和伸缩自如的夹子向后击打。乔治躲过了这一击，但跌倒在地板上。趁着蝎尾狮同

乔治打斗，肯尼飞快地冲向门口。蝎尾狮一眼看到了他，立刻翘起他有毒刺的尾巴，但还没等他出击，大门"砰"的一声打开了。

双方都停住了手。

"但丁？"只见格雷厄姆站在门口，手里端着高高的一摞松饼，叫道，"是你吗？"

第九章　棘手的难题

——✦——

　　"但丁，是的，是的！但丁就是我的名字。"蝎尾狮说。他那敏锐的黄眼睛里迸发着认出老友的激动之情，高高翘起的尾巴也垂了下来。"格雷厄姆吗？是我的眼睛在欺骗我吗？请你告诉我，真的是你吗？"

　　大龙冲上前去，紧紧地拥抱着蝎尾狮。"千真万确，你的眼睛没有欺骗你，我的老朋友！真的是我啊。"格雷厄姆说，"天哪，你怎么会到这里来？"

　　"我也不太确定。我觉得自己似乎是从一个做了太久的梦中刚刚醒来。"但丁甩了甩头，好像是要努力让自己清醒过来。

　　"你是从奈斯比特的书里跳出来的。"肯尼说。

　　"奈斯比特！那个丑恶的女巫，她对我施了魔

98

法。”但丁用力把爪子攥成了拳头。

肯尼和乔治交换了一下眼神。

“我待在那个被施了魔法的地方——远离尘世喧嚣，没过多久我就开始忘事，比如我自己的名字，而且失去了做事的愿望。除了睡觉，我什么都不想做。”但丁沮丧地耷拉着脑袋。

“那么，弗利特还有希望吗？”肯尼问。

“等一下，弗利特怎么了？”格雷厄姆问道。

“看来这本书是用某种魔法把受害者困在里面了。”乔治抚摸着胡须思索着，“你的朋友但丁逃出来了，可是弗利特被抓进去了。”

乔治说话的声音把但丁吓了一大跳，好像他根本不记得骑士原本就在那里。他躲到格雷厄姆身后，让大龙挡在他和乔治之间。

"哦，如果我吓到你了，请接受我最真诚的道歉。"乔治把剑插进剑鞘，"我不确定你要干什么。"他伸出爪子想要和蝎尾狮握手言和，但对方没有回应。

"天哪，请原谅我的无礼！"格雷厄姆说，"但丁，这是乔治骑士。如果世上曾经有一位最高贵的骑士，那就是他，还有这位，"他拍着肯尼的背，"他是我最好的朋友兔子肯尼。"

蝎尾狮看了看他，什么都没说。

肯尼想知道蝎尾狮心里在想什么，又见到一个活的神话动物，想必应该像第一次见到龙一样激动不已。然而，肯尼第一次冒险上前做自我介绍时，格雷厄姆并没有攻击他。

乔治打破了沉默的尴尬："是这位青年绅士肯尼救了你。"

"他是我们所有这些神秘生灵的真正守护者。干得好，肯尼，"格雷厄姆说，"万岁！"

但丁低头致谢："谢谢你，兔子肯尼。"

这时走廊上传来了一阵盔甲碰撞的叮当声。斯通霍恩国王冲进了这个拥挤的房间，身边带着武装护卫。"出什么事了？我听说这里发生了一场混战。奈斯比特去哪儿了……？我的老天爷呀！这是一头蝎尾狮吗？"

全体卫兵抽出武器，对准了这头怪兽。

"不要担心，国王陛下。"格雷厄姆推开了他们的剑。

"但他是一个，是一个……"

"他是格雷厄姆的一个朋友。"乔治说，"用不着担心，把武器都收了吧。"

格雷厄姆把他的老朋友介绍给斯通霍恩国王陛下。国王仔细地端详着蝎尾狮说："很抱歉，我们以这种不友好的方式迎接您。"国王又说，"我们这里已经有很多很多年没见过蝎尾狮了。但是不管怎么说，格雷厄姆的朋友就是我的朋友。"

"谢谢您，陛下。"格雷厄姆深深地鞠了个躬。国王接着说："哦，弗利特一定很高兴有但丁来帮忙修订奈斯比特的研究。这会儿他人在哪里呢？"

肯尼和乔治向国王汇报了早上发生的事件。但丁始终保持着沉默，站在格雷厄姆的身后。

"我绝不允许任何人绑架我的臣民——特别是我们皇家的工作人员！"斯通霍恩用权杖重重地敲打着

地板以示强调。他转向卫兵，下令道："传话给我的重骑兵，立即营救弗利特，把奈斯比特带来问话。"

"遵命，国王陛下。"卫兵们鞠躬行礼，准备离开，"可是我们不知道她藏在什么地方啊。"

"哼——"斯通霍恩国王轻轻地用指尖点着自己的下巴，"这倒是个难题啊。"

"如果可以的话，"乔治大声说，"我愿意领导这次追捕行动。"

"可是你才刚刚来到这里啊，乔治爵士。"

"这倒是真的。不过，您可能还记得，我在处理这类事情方面有过一些经验，更重要的是，我越来越喜欢弗利特了。"

"很好，那就这样吧。"国王把爪子搭在乔治的肩膀上，"祝你一切顺利，平安归来。我们这里非常需要您的智慧和专业意见。"

"我会的，国王陛下。谢谢。"乔治转向肯尼和格雷厄姆。

格雷厄姆说："请您微笑着与我告别吧。"

老骑士握着大龙的手，说："一直笑到我们再次见面的时候。"然后他对肯尼说："在这段时间里，我肯定会非常想念你的，但我期待，春天到来的时候，我再去登门拜访，跟你叙旧话家常。"

　　肯尼拥抱了他的老朋友。"多多保重。"

　　"我会的，而且很快就会见到你们的。小伙子们，再见！"乔治点点头，走了。

　　"我的重骑兵一定会拿住逃犯，特别是在乔治爵士的率领之下。"国王说，"但是，当前大家必须保持高度警惕，尽量避开奈斯比特，直到我们真正控制住她。"国王走到门口，又说："你们一旦发现她的踪迹，就立刻通知我。"

　　"遵命，国王陛下。"肯尼说。

　　"那么，也许我们该回家了吧？"格雷厄姆说。

　　"去哪儿都行，只要远离那个老泼妇和她那本可恶的书就行。"但丁加了一句。

"这是个聪明的想法。"国王说。他与每个朋友一一握手告别。"祝你们一路平安，肯尼少爷。"国王沿着走廊离去了，蹄子在石砖地板上发出清脆的响声。

　　"咱们何不带点儿食物再上路呢？"格雷厄姆搂着但丁的肩膀说，"这可是一段漫长的旅程，而且还有很多事情要赶着去做呢。"

　　肯尼独自站在奈斯比特凌乱的房间里。正当他转身要离开时，地板上的一小片羊皮纸引起了他的注意。他拿起这张纸，发现上面有一连串熟悉的名字，是奈斯比特的笔迹：

　　　　格雷厄姆（龙）
　　　　乔治·E.獾爵士
　　　　弗利特·什鲁斯伯里
　　　　兔子肯尼

　　肯尼开着他的小汽车行驶在通往环河镇的土路上。"我是想说，几年前咱们上台表演的时候，老爸扮演过一个巫师，至于现实生活中的女巫，我不知道她们是否真的存在。如果……如果她因为我弄坏了她的书来追捕我，那该怎么办呀？"

　　"老乔治会找到她的。不用担心。"格雷厄姆在

他头顶上滑翔着。

"但她是怎么施展魔法的呢？"肯尼越想越觉得不安，他紧紧地握住方向盘。

"魔法是一门被遗忘已久的艺术。"但丁走在旁边与汽车同步，"奈斯比特跟我和格雷厄姆一样，都属于稀有动物。"

"但是那个——"引擎盖下突然发出 "嘶"的一声，肯尼的话被打断了。引擎反复颤动了几下，就在路中间熄火了，小汽车停了下来。"糟糕！引擎又过热了。"他叹了口气，跳下车来。他用一块抹布包住手，拧下散热器的盖子。"格雷厄姆，你确定新水泵安装对了吗？"

格雷厄姆从上空降落下来，检查着气喘吁吁的引擎。"嗯……新水泵？"

"是啊。你说是水泵坏了。"肯尼往后退了一步，因为散热器喷出了一股蒸汽。

"水泵是坏的。"格雷厄姆搔了搔头，"所以……我就把它卸下来了。"

肯尼打开引擎盖，看到水泵所在的地方只剩下一个焊接在一起的铜疙瘩。"噢，天哪！"他一下子就泄了气。

"没事儿，让我去找些水来，我们会让它跑起来的。别担心。"格雷厄姆拍打着翅膀，伸长了脖子，巡视四周。"但丁，看那边！"他指着远处的一座孤山，"那是盖尔城堡吗？"

但丁遥望着那座小山，山顶上是古城堡的废墟。

坍塌的城墙看起来像秃头上摇摇欲坠的皇冠，周围落满了褐色的叶子。"噢！就是那座拥有温泉浴场的城堡吗？"

"是啊！"格雷厄姆回答，"当时你还在那里表演了最'著名'的炮弹跳水，把每个人都浇成了落汤鸡。"

"那可真是一场大狂欢！"但丁笑得鼻子里发出

呼噜声，"还记得吗，当时你吸了太多的水，结果都喷不出火来了……"

"……憋了整整一个星期！"格雷厄姆和但丁异口同声地说。他们俩连吼带叫地狂笑不止。

"这么看来，那里应该还有水。我去去就回来。"格雷厄姆说完就飞走了。

"等一下，我跟你一起去。"但丁一路跳跃着，跟随格雷厄姆前往古城堡废墟。

肯尼皱着眉头，忙着检修引擎。不一会儿，格雷厄姆嘴里含着一大口水回来了。龙将嘴里的水吐到散热器上，发动机很快就冷却了下来。肯尼试着发动汽车，只听它"轰"地发出一声呼啸，启动成功，排气口居然喷出了火苗。

"哦，真抱歉！"格雷厄姆笑着说，"肯定是我的火焰唾液跟散热器里的水混到一起了。"

肯尼把车挂上挡，以最快的速度向前冲去。他一心一意地看着道路，尽量避开坑坑洼洼的车辙。一路上格雷厄姆和但丁继续回忆着他们的往事。

等他们到家的时候，弗利特被绑架的消息已经传开了。当地的晚报发表文章，警告邪恶的奈斯比特，并敦促居民们若发现任何可疑活动，立即与当局联系。

肯尼爸爸妈妈非常欢迎但丁来到他们家，可是他们决定让他和格雷厄姆一起躲在谷仓里，而不能去住格雷厄姆的洞穴，以防奈斯比特找到他们。"毕竟，"肯尼爸爸说，"每个人都知道举世闻名的环河镇巨龙住在哪里。"

　　肯尼抱着一摞折叠整齐的毯子爬上梯子，进入干草棚，只见但丁正在那里舔着一只空锅里的残汤。"你妈妈做的炖胡萝卜真好吃。请代我谢谢她。"他边舔边说。

　　"我早就跟你说过，在这里饿不着你。"格雷厄姆说，"兔妈妈的饭菜跟皇家御厨做的一样好吃。"他把空汤锅递给肯尼，接过毛毯。他先把一条毛毯披在蝎尾狮身上，然后再用毛毯把自己严严实实地包裹起来。"在这样一个寒冷的秋夜，一碗热腾腾的浓汤温暖着我……这让我不禁想起了那次宴会——"

　　"布莱克伍德家的宴会！"但丁替他说完了这句话，"那次宴会离现在可是有年头了。"

　　格雷厄姆舔着自己的嘴唇说："我现在仍然能够感觉到那杏仁糖饼的味道。"

　　"呵呵，"肯尼微微一笑，"格雷厄姆，你还记得咱们那次出去野餐吗？就是那次，你特别紧张……"他等着朋友自己来说完这段佳话。

"噢，是啊！"格雷厄姆打了个响指，"我一脚踩到兔爸爸的脚丫上了。"

但丁偷偷地笑了。

"是啊，你踩了他的脚。"肯尼示意他说下去，"而且，你特别不好意思，所以你就……"

"嗯……我吃掉了所有的胡萝卜？"

肯尼摇摇头。

"就弹钢琴？"

肯尼叹了口气。

"背诵诗歌？表演戏剧？"

"你就打了个嗝儿，"肯尼假装非常气恼地说，"你打嗝儿烧掉了我老爸的眉毛。"

"没错！我当然记得。"格雷厄姆嘎嘎嘎地大笑起来，"就像那次——"

"那次你打了个喷嚏，把草原瀑布花展的帐篷都烧着了。"但丁咯咯咯地笑着，笑得连话都说不清了，"其实是因为格雷厄姆对那个东西过敏……那个……"

"啮龙花！"他俩同时说了出来。

"这才是重点！"格雷厄姆拍打着但丁的后背，开怀大笑。

肯尼爬下梯子，拖着脚步无精打采地走出了谷仓。

第十章 屁股粘在一起了

〜〜❦〜〜

奈斯比特仍然逍遥法外，格雷厄姆和但丁已经在谷仓里躲避一周了。这段时间，家务活儿和家庭作业让肯尼忙得不可开交，他几乎没怎么见到自己的好朋友。

星期六一早，肯尼就把农场里的活儿都干完了。妈妈去杂货店买东西还没回来，他从厨房的架子上拿了一本食谱看。他翻阅着食谱，在自己选好的那一页夹上书签，然后把食谱夹在胳肢窝下。正午温暖的阳光和凉爽的微风交织在一起，气候宜人，肯尼怀着愉快的心情向谷仓走去。谷仓的大门敞开着，没等走到门口，就听到草棚里传出喧闹的笑声。肯尼爬上梯子，发现格雷厄姆、但丁和他的十二个妹妹正在一起打扑克牌。

"嘿！"他一边说，一边挥动着手中的食谱。

"早上好，小娃娃！"格雷厄姆回答。

"准备好去帮我烤晚餐甜点了吗？今晚我想做焦糖布丁。"

但格雷厄姆目不转睛地盯着手中的牌。

"听起来很诱人啊，可是我们的牌刚打了一半，所以…… 要不咱们待会儿再说？"

"我们正在教但丁怎么玩老驼鹿呢。"凯基说。

"才不是老驼鹿，"凯瑟琳咯咯笑着说，"是老女仆。"

"不是，不是。"

"就是，就是！"

"好啦好啦，小姑娘们。"

但丁甩出了两张同样的对子牌，"盒子上写的确实是老女仆，所以这就是我们目前正在玩的游戏。"

"我就说是吧！"凯瑟琳朝凯基吐了吐舌头。

但丁继续说："不过，等咱们打完这一把，我就可以教你们玩'红桃与刺客'了，这是格雷厄姆和我在你们这个年龄时，经常玩的一种纸牌游戏。听起来很有趣吧？"兔子妹妹们一下子全都兴奋地尖叫起来。

"那么肯尼就可以跟我们一起玩了。"凯蒂说。

"嗯，可玩这个游戏的人数必须是偶数，"但丁边说边用手中的牌当扇子扇风，"现在我们已经有十四个人了。"

"没关系的。你们玩吧。"肯尼说着转身从梯子上往下爬。

"待会儿我就去帮你。"格雷厄姆说着从但丁手里抽出一张牌，"等我赢了以后啊。"

但丁笑了。"你赢不了的！你的牌打得超级烂。从来就没赢过。"

格雷厄姆洗着手中的牌。"那还不是因为你老作弊！就连我们跟那群傻乎乎的狮

鹜一起玩的时候，你还……"

不过后面的话肯尼都没听见，他已经走远了。

———————◦◦◦———————

那天的晚餐，每个人都吃得非常愉快，除了肯尼。他的爸爸妈妈把室外野餐的桌子搬进了谷仓，好让大家都能够围坐在一起吃饭。但丁在餐桌上讲了他小时候的故事，还把他与格雷厄姆经历的许多冒险奇遇中的有趣场景表演给大家看。大龙把家里的立式钢琴调好了音，带领大家来了个餐后大合唱。肯尼在妹妹们收拾桌子的时候，跟妈妈一起准备了美味的甜点。

"这绝对是一顿完美的晚餐啊！"当肯尼把焦糖布丁端上来的时候，格雷厄姆故意用力拍了一下桌子，大声称赞着，但肯尼什么话都没说。格雷厄姆注意到了这一点，眼巴巴地看着他走回厨房。

"别担心他，格雷厄姆。他只不过是有些情绪化。"肯尼爸爸嘴里含着布丁说。

格雷厄姆回到钢琴旁。"诸位，在我们享用甜点的时候，是不是应该再来点儿娱乐活动啊？"他敲响了几个琴键，等待着每个人都在自己的座位上坐好。

"唱一首关于我的歌吧。"凯基说。

"我也要你唱我的歌！"其余的姐妹们也都争先

恐后地叫道。

"嗯，我一直非常喜欢乔治送给我的一本诗集。"格雷厄姆说道，"这本诗集激发了我的灵感，让我写出了这样一首小诗。

我和我的朋友
并肩行走在旅途上，
我的朋友和我
你和我。

我们同吃同住，
尽情地欢笑，
笑那只有我们才懂的玩笑。

我们共同的旅程
哪怕只剩下最后一天，
我也将视它为珍宝，
呵护它，珍惜它。

所有美好的记忆，
无论是已经过去的
还是未来的——

都只在你我之间分享，

回忆到老，

老得只剩下

你和我。

　　格雷厄姆朗诵完毕、鞠躬谢幕的时候，大家都拼命地鼓掌。他的目光与肯尼的目光交织在了一起。格雷厄姆激动地说："现在，为了我的好朋友——"没等他说完，但丁"噌"地一下跳到了钢琴上面。

"等一下，格雷厄姆，我也给你准备了一首诗。"他清了清嗓子，朗诵了一首诗，叙述一段经历了漫长岁月的友情。在但丁朗诵结束后的掌声中，肯尼站起来，默默地离开了桌子。

"哎，肯尼，"格雷厄姆在钢琴后面叫住他，"你有没有什么诗歌想要朗诵呢？"

"没有，"肯尼回答，"我就不用了。"

———❦———

绵绵细雨浸透了群山，看起来很像是格雷厄姆画的一幅美丽的风景画。这是接下来的一个周末，这样的天气正好适合在室内玩棋盘游戏。刚刚吃完午饭，肯尼的朋友们就到他家里来了。

"好久不见啊。"波吉看到夏洛特，打着招呼。

"哈哈。对不起啊，我没能早点儿来。"她打着哈欠回答道，"昨天晚上的彩排搞得太晚了。"

肯尼跟朋友们讲述了他的斯通霍恩城堡之旅，还有奈斯比特的不期而至（以及可怜的弗利特大师被绑架）的细节。肯尼让朋友们先发誓，一定要保守秘密，才跟他们说了但丁的事。

"蝎尾狮？"波吉跟着肯尼去谷仓的时候说，"好家伙，肯尼，你还真有些了不起的朋友啊。"

"没错，可是，咱们玩飞行棋就只能再加一个人了。"肯尼拍了拍胳膊下夹着的盒子说，"所以这次但丁就不能参加了，因为格雷厄姆要跟咱们一起玩。"他说着一把推开了木门。谷仓里面没有人。

"哟，他们俩去哪儿了？"夏洛特在她的红阳伞下面说。

哦，坏了！他们俩都不见了。肯尼心里一惊，脑子里一片混乱。"奈斯比特！"他的心怦怦乱跳，抬起头来看着天空，四下里搜索女巫的那本大飞行书。

"他们在那儿呢。"波吉叫起来，用手指着院子另一头的糖枫树，只见格雷厄姆和但丁正坐在大树下避雨呢。大家立刻向他们赶去。

那是我跟格雷厄姆平日里常常在一起待的地方啊，肯尼心想。到了离他们不远的地方，肯尼听到格雷厄姆和但丁还在专心地谈着话。见肯尼过来了，他们停止了谈话。但丁毛茸茸的脸上似乎沾满了泪水，而肯尼也不知道那究竟是泪水还是雨水。不管是什么吧，反正他也不在乎。

"嘿，格雷厄姆，你准备好跟我们下棋了吗？"他问。

"哎呀，我不能跟你们一起玩了，朋友们。"格雷厄姆回答。

"可你是知道的，要四个人一起才好玩啊。"肯尼避开了但丁的目光，"这次我让你赢。"

格雷厄姆轻轻地笑了笑。"没有我，你们也能玩得很开心。但丁和我还有些非常重要的事情商量。"

"可你说过的——"

但丁开口说话了："他过一会儿就去找你们玩，小家伙。"

肯尼转身就走，使劲儿地跺着脚冒雨往院子另外一边走去。小家伙？这个称呼在肯尼的脑海中一次又一次地反复出现。小家伙！

"嘿，肯尼，"波吉在他身后喊道，"还玩不玩飞行棋啦？"

"不玩了！"

夏洛特在车库里找到了肯尼，他坐在驾驶员的位子上。"你还好吗？"夏洛特悄悄坐到副驾驶的位子上。

肯尼坐在那里一言不发，生闷气。

"我听说你把汽车修好了，"她说，"我都等不及要搭你的车去兜风了。"

波吉跳到肯尼后面的后座上。"我敢说格雷厄姆现在很高兴找到了一个跟他同类的好朋友，是吧？拿着这个，伙计！"

肯尼无精打采地说："是啊，我也很为他高兴。"

"看，他们俩的屁股都粘在一起了。"波吉从敞开的车库大门看着他们说，"他们俩连说话的语气都那么相像。"

"但丁和我还有些非常重要的事情商量"，肯尼的脑海里又响起了格雷厄姆的话。

"据但丁和格雷厄姆说，世上再也没有其他的蝎尾狮或者龙了。"夏洛特说，"如果我是他，我也想有一个朋友，一个真正理解我的人。"

"我理解格雷厄姆。"肯尼紧紧地握住方向盘。

"肯尼，他只是在和他的朋友聊天叙旧。我的意思是说……"夏洛特说。

　　肯尼摇了摇头。"也许我离开了就好了，就像乔治那样。我会开着车远远地离开这里，没人会在意我。"

　　"你胡说八道。"她调皮地笑着说。

　　"你懂什么？"

　　刚才还满脸微笑的夏洛特，这时眉头紧蹙，她打开了车门。"波吉，咱们走。"

　　她走进雨中，没有回头多看他一眼。

第十一章 怪兽书

肯尼独自走在被雨水浸透的大树下，湿漉漉的树叶沾在他的脚上和腿上。太阳沉入铅灰色的云层，橙色的薄雾透过光秃秃的树枝。毛毛雨还在不停地下着，肯尼把夹克的领子竖起来，包住脖子保暖。一只孤独的蝈蝈在附近的树枝上不停地叫着，当一股刺骨的寒意袭来，他立刻就安静了下来。"今晚太、太、太冷，不适合奏乐。"肯尼听到他从身边走过时嘟囔了一句。

肯尼爬到牧人山顶的时候，暮色笼罩着地平线。环河镇星星点点的灯火在山下的薄雾中闪烁。牧人山山顶是多年前的夏天，他遇到格雷厄姆的地方；那是他在乔治、夏洛特和爸爸妈妈的帮助下，证实了他的友谊和忠诚的地方。而现在，爸爸妈妈整日忙着照顾他的妹妹们，夏洛特去了另外一所学校，乔治走了，格雷厄姆呢……多亏肯尼，帮他重新找到了他自己的一个老朋友。

一个对格雷厄姆了如指掌的朋友。

一个人人都喜爱的朋友。

一个肯尼无法与其相比的朋友。

他捡起一个松果，用力向龙洞的方向扔去。痛快！他又捡起一个松果，又捡起一个，把它们一个接一个地扔进黑暗中。要是办得到的话，他会把他们一起亲手建造的那个圆形剧场整个拆掉。

不过他当然不会那样做，他并不会真的那样做。

肯尼腿一软，重重地坐到一张石凳上，双手托住腮帮。格雷厄姆会想念我吗？有谁会想念我吗？

头顶传来一阵"啪嗒啪嗒"的拍打声。肯尼的耳朵一下子就竖了起来。在初升的月下他眯起了眼睛，但什么也没看见。

他带着愤怒的勇气高声喊道："出来，奈斯比特！我知道你在那里。"他一动不动地独自站立在那里，竖着耳朵等待着，只听到一棵松树在寒风中轻轻低语。

"你还真是英俊又聪明，兔子肯尼。"奈斯比特的飞行书呼啸着从格雷厄姆洞穴的顶部俯冲下来，落在了铺满树叶的地面上。"但是我非常生你的气。"她向肯尼摇了摇手指，"你放走了但丁，不仅破坏了我珍贵的巨著，而且危及了许多生命。"

"可是……可是你的书吃掉了弗利特！我亲眼看见的。"

"我警告过你们，这本书里包含着远古时代的秘密，严禁泄露。"她步履蹒跚地向肯尼走去，佝偻的身体沉重地支撑在拐棍上，"但这也没能阻止你们三个暴徒闯进我的房间。你们把我吓得魂飞魄散！那个窥探狂龋齼弗利特居然还敢阅读我的神圣巨著，就像看星期天的报纸一样。也许现在他不那么爱多管闲事了。"

"那是因为你在那本书里写了格雷厄姆的名字。"肯尼用颤抖的手指指着那本魔法书说。

"我的确是写了。国王命令我修订书里的内容，所以我只是做了国王要求我做的事情。"她把眼睛眯了起来，"但你是怎么知道的？你在监视我吗？"

肯尼往后退了几步，退到他刚刚坐过的石凳后面。

"你特别在意那条龙，对不对？"奈斯比特问。

"他是我最好的朋友。"

"而且你还担心所有其他怪兽的安危——呃，还有他们神秘的灵魂？"

肯尼点点头。

"我给你看样东西吧。"奈斯比特向《怪兽书》招招手，"Reclude（拉丁语：再次打开）。"书的扣子自动解开了，封面也一下子打开了。只听到奈斯比特轻轻地念了一句"Mantichoram mihi ostende（拉丁语：让我看看蝎尾狮）"，书页便自动翻到了"蝎尾狮"的条目上。右边的一页是空白的，好像但丁的名字已经被抹去了，而左边一页则是奈斯比特的笔迹和一幅木刻插图，图中刻画的是一只毛茸茸的小狮子，尾巴短短的，带着刺。被困在书中的蝎尾狮宝宝就像在翻看图画书似的，用爪子抓着插图的边缘向前移动着。奈斯比特拍拍图画，小狮子立刻安静下来，睡着了。

肯尼惊得倒吸一口凉气。

"别担心。他很安全，其他的野兽也同样是安全的。"奈斯比特再次挥挥手，书页迅速地翻动着，逐一露出了蛇怪、鸡蛇兽、奇拉美[1]等怪兽的图画。

---

1 奇拉美：古希腊神话中狮头、羊身、蛇尾的吐火怪物。

肯尼一下子明白了，瞪圆了眼睛。"原来他们全都被你囚禁起来了，就像你囚禁了但丁一样。你必须释放他们！"

"事情没那么简单，肯尼。格雷厄姆可能是很善良，但他只是个例外。"书慢慢地合上了，"待在我的书里，他们不会伤害到任何人。而且，正如我想要告诉国王的那样，这些野兽都是相当残暴的嗜血动物。"奈斯比特拉起她裙子的下摆，露出她的右腿，下面的脚爪已经不见了。"我这只脚是被一只饥饿的狮鹫咬掉的，我好不容易才死里逃生。"她放下了裙摆，"而我的徒弟可就没有我这么走运了。"

一股凉气蹿上肯尼的脊梁骨。

"孩子，我曾经冒着生命危险去庇护但丁，那时他正在逃避法律的制裁。"尽管奈斯比特的两只眼睛都已经被白内障遮蔽了，但她的目光还是落到了肯尼身上，"你去问问他，他曾经伤害过多少生灵。"

"也——许我会去问的。"

"那么也就是说，你知道他藏在哪里。我知道他们就在附近，我能闻到他们的气味。"她闻了闻空气里的味道，"告诉我，他们在哪里，我会把他安安全全地接回来。"

肯尼摇了摇头，从她身边走开了。

"这一切就是一个天大的误会。"奈斯比特飞快地翻阅着她的书，从中找出"鼩鼱"这一条目。肯尼在其中一幅图画上认出了弗利特的画像。"我是一个善良的女巫，并不是斯通霍恩国王要让我去做的那种邪恶女巫。"。"Eum libera, Flit Shrewsbury.（拉丁语：放了他，弗利特·什鲁斯伯里）。"奈斯比特说着，把手伸向开始发光的图画，"为了表明我的善意，我会让你看到，这位皇家历史学家依然安然无恙。"她抓住弗利特的衣领，将他从书中拎了出来。

　　弗利特打了个哈欠，伸伸懒腰，好像刚刚从睡梦

中醒过来。"肯尼少爷，我这是在哪儿啊？咱们没在城堡里啊。"

"没事儿的，弗利特。"肯尼走近前去。

"这是我的名字。"他昏昏沉沉地叹了口气，说，"我做了一个梦，忘记自己叫什么名字了。"

"好了，现在你安全了。"

"没、这么、快！"奈斯比特猛地把弗利特拉了回来，不让肯尼够着他，"如果你想让我释放弗利特·什鲁斯伯里，那就竖起耳朵仔细听着。"弗利特再次被吸回到书中时，那一页书又开始发光。封面合上了，奈斯比特继续说道："明天中午之前，我会回到这里来，然后再去完成下一个任务。而你所要做的，就是把蝎尾狮带回来。我会去办我的事情，一切都会回到原来的样子。"

回到原来的样子。肯尼对她这话冷笑了一声。

"啊，那就这样了。"奈斯比特咧开嘴笑着，露出了一口歪七扭八的黑牙齿，"你也想让事情变得简单些，不让一头恶毒的蝎尾狮四处游荡吧？"

肯尼沉下脸来，说了一句"我得走了"，转身就要离开。

奈斯比特在他身后继续说道："让我猜猜看啊。自打那个恶棍逃走之后，你的龙就跟他一直待在一起，形影不离，亲密无间。相信我，这些家伙很少去关心别人，他们只关心自己。"

肯尼停下了脚步。"格雷厄姆才不是那样。"

"当然不是。"奈斯比特不以为然地嘀咕了一句。

肯尼停顿了一下。"尽管有时候……"

"有时候怎样？"

这些话突然自己从嘴里冒了出来，就好像失控了一样。"有时候当我想做某件事的时候，他就是不听我的。"肯尼用爪子捂住了嘴巴，"这……这么说也不太对。"

"老奈斯比特理解，能理解。你以为我为什么要拯救这些可怜的灵魂？"她用手指着《怪兽书》说，"斯通霍恩王国——你们的家园——完全是因为有了我，才能够祖祖辈辈得以繁荣和平安。"她死死地盯着肯尼说，"数十年来，我环游全球，就是为了确保我们这两个世界的安全。"

说不定奈斯比特只是被大家误解了，肯尼心想。

"把但丁给我带来。明天下午之前，你们的生活就会恢复正常……而你，将会被誉为'成功解救斯通霍恩皇家历史学家'的著名英雄。"

但丁真的有那么邪恶吗？肯尼的脑海里闪过射箭棚里那些张牙舞爪的怪兽箭靶。他抬起双臂，交叉在胸前，转身面对着奈斯比特说："要是我不带他来呢？"

奈斯比特上下打量着肯尼，琢磨了一会儿，才慢慢回答："你知道吗，肯尼，你跟我很相像。"她围着肯尼绕圈子，边走边说，嘴角的胡须一个劲儿地抽动，"咱们都理解保护这些生物的重要性。然而，你与我不同的是，你成功地让普通民众再度接受了一条凶悍的龙。我承认，我低估了你。所以，也许明天当我离开这里的时候，有可能会带走但丁，也有可能带不走。选择权在你手里。"

肯尼惊讶得直眨眼。他居然做到了。他已经可以勇敢地面对奈斯比特了。他迫不及待地想把这个消息告诉每一个人。

"Avolamus（拉丁语：让我们飞走吧）。"奈斯比特下达了口令。只见飞行书"啪嗒啪嗒"地扇动着封面，从潮湿的地面上升起，席卷起大片的落叶。"但是你必须做出明智的选择。要知道，蝎尾狮很容易被激怒，而且非常危险。即使但丁的嘴巴咬不到你，爪子抓不到你，但他那长着毒刺的尾巴也会蜇到你。那致命的剧毒是没有解药的。"

"那弗利特呢？"肯尼问她。

"别担心，你已经赢得了我的好感。所以等我处理好所有的事情之后，就会立刻放了他。"她爬上了飞行书，"但是，肯尼，千万不能让任何人知道我们的秘密协议。如果你告诉了他们，他们必定要来追捕我，那我可就要被迫带着历史学家一起逃走了。谁也不愿意见到那样的结局。"

飞行书起飞了，肯尼赶紧向后退了几步。

"回家去吧，我的朋友，好好想清楚！"女巫"嗖"地一下飞走了，消失在黑暗当中。

第十二章　我们看不到的那一面

散发着橙色光芒的圆月，挂在树林上空，它照亮了肯尼回家的路。"等到明天，弗利特就自由了，奈斯比特也要离开了。"他高声大喊，声音里充满了得意，奈斯比特有关但丁的警告仍然在他的脑海中浮现。他回到家里，看见格雷厄姆和爸爸正在星空下架设望远镜。

"你回来啦！"格雷厄姆伸出双臂欢迎肯尼，"你来得真是时候。雨终于停了，可以看到美丽的丰收之月了。"

"今年的满月来得早。"他爸爸调整着望远镜上的旋钮。

"但丁在哪儿？"肯尼问。

"在床上躺着呢。"格雷厄姆指指谷仓说。

"哦，是因为他不在，你才来找我玩吗？"

"净瞎说。"格雷厄姆不理会肯尼的气话，"他很早就上床了。这可怜的家伙太缺觉了。他心里面藏了太多的事。"

"比如他过去做过的那些事？"

格雷厄姆不解地看了他一眼。"嗯，是啊，但还不止这些。很复杂。"

"嘿，快过来看——"肯尼爸爸插话。

"肯定很复杂，毕竟是在逃亡嘛。"肯尼用一种嘲讽的口气说。

"是啊，但是……慢着，你是怎么知道的？"

"这重要吗？被我说中了，不是吗？"

"是……但就像我说过的，里面还有好多别的事情呢。"格雷厄姆懊恼地紧皱双眉。

"那你为什么不告诉我呢？"

"直说吧，肯尼，因为这些事不能从我的嘴里说出去。"

"是吗？我倒是觉得——"

"先等一下啊，孩子们。"肯尼爸爸走到他俩中间，"阿肯，你到这边来。"

肯尼瞧了格雷厄姆一眼，然后照爸爸的吩咐走了过去。"干吗？"他不耐烦地问。

他爸爸用手帕擦拭着望远镜的目镜说："你到这儿来看一眼，然后告诉我，你看到了什么。"

肯尼对着目镜随便瞄了一眼，说："是月亮。"然后他马上转过身去，面对着格雷厄姆，又要开口说话，爸爸再次拦住了他。

"没错，是月亮。但你告诉我，你看到了月亮的多大一部分？"

肯尼夸张地大声叹了口气，翻了个白眼儿，然后又看了看望远镜，说："我看到了整个月亮，甚至还看到了月亮里的月海。"

"不对。"爸爸依然平静，说道，"你只看到了半个月亮。"

"才不是呢，爸爸，今晚的月亮是满月。"肯尼指着天上的月亮说，"即使不用望远镜，我也能看到整个月亮。"

"真的能看到整个月亮！多么壮观啊！"格雷厄姆也这样说。

"确实很壮观，格雷厄姆。而且今天的月亮正好是圆圆的满月，"肯尼的爸爸说，"但你们也只是看到了面对我们这一半的月亮。而另外一半，完全隐蔽在阴影当中。那是我们看不到的一面。"他用手臂

搂住自己的儿子。"有趣的是，也许有一天，当月亮背后的秘密被揭开，你就有可能看到它的另外一面了。"

"我好想知道月亮的另一面是什么样子的。"格雷厄姆说。

"谁知道呢！"肯尼爸爸答道，"也许那边有更多的火山口和峭壁吧。"

"也许比我们现在看到的这一面美。"格雷厄姆说。

"在真正看到那一面之前，我们能做的，就只是去猜想它身后隐藏着什么样的秘密。"肯尼爸爸继续说道。

月光洒在肯尼身上，他抬起头来，仰望着天上的月亮。他从来也没有想过月亮的另一面会是什么样子。而现在，这个问题让他感到非常茫然。他好奇地眨巴着眼睛，却发现爸爸正在看他。

"你还好吗，阿肯？"

"还好。"

"那就好，现在我得进屋去跟你的妹妹们说晚安了。"临走之前，他用手轻轻拍了拍肯尼的后背。

现在只剩下格雷厄姆跟自己单独在一起了。肯尼先开了口："我明白爸爸的意思，知道这些话与但丁有关……但你曾经告诉过我，说有些龙是邪恶的。"

"有些是，有些不是。但有些骑士就跟乔治不一样，是很邪恶的。不过那是很久以前的事了。如今我们生活的时代，要比过去好多了，对吧？"

肯尼耸了耸肩膀。"也许你说的是对的。"

"我当然是对的，我总是对的！"格雷厄姆咧开大嘴笑着说。

"你是对的，但是……我也不知道……我觉得，自从但丁来到这里，你就不想……跟我玩了。不想只跟我，两人单独在一起了。"

"你怎么会这样想呢？"格雷厄姆屈膝在地，对着望远镜观看着夜空，"再说，这会儿咱们俩在干什么呢？"

"是，可上礼拜咱俩已经计划好了，要一起给大家做甜点的，你还记得吗？"

"记得啊。"格雷厄姆转身对他说，"而且我确实很想跟你一起去做甜点，可是但丁刚刚到咱们这里，还没有适应他的新生活。我的意思是说，咱们都知道，他已经脱离这个世界一百多年了。我下次一定跟你一起做甜点。拉钩保证。"

"好吧，可是——"

"等一下，先拉钩。"格雷厄姆说着，把他那根巨大的小拇指翘了起来。

"拉钩。"肯尼用小拇指钩着格雷厄姆镰刀形的爪子尖，几乎钩不住，"只是你和但丁在一起的时间太多了，而奈斯比特仍然逍遥法外，我——我……"这时，谷仓里回响起一个咆哮般的大哈欠声，打断了肯尼的话。

"晚上好啊，天文学家们。"但丁慢悠悠地向他们走来，"你们认出哪些星座了吗？是小狮子座，还是天龙座？"

肯尼深吸了一口气说："但丁，你不介意让我先跟格雷厄姆把话说完吧？"

"哦，当然不介意，兔子肯尼。"

"让我们俩单独说？"

"悉听尊便。"但丁溜溜达达地回到谷仓。他的眼睛在黄昏的昏暗中显得特别明亮。

"那么，你是说……"格雷厄姆回到望远镜前。

"他还在听着呢。"肯尼躲在格雷厄姆的大手后面指着但丁，低声说。

"没有，他没有在听。"格雷厄姆挥手让他走开。

"是的，我是在听。"但丁回应道，"没关系的，咱们现在都是朋友了，对吧？"

"没错，我认为咱们应该是朋友了。"格雷厄姆回答。

"啊！你看到了吧？"

"看到什么？"格雷厄姆问。

肯尼二话没说，拔腿冲进屋去，"砰"的一声关上了门。

<hr/>

肯尼爸爸把闹哄哄的妹妹们留在厨房餐桌上的空麦片碗都清理干净了。妈妈给自己倒了一杯茶，然后在肯尼身边坐了下来。"昨天晚上，你跟格雷厄姆把问题都说清楚了？"

"没全说清楚。"肯尼咕哝着，漫不经心地搅拌着碗里已经凉透了的麦片粥。

"听着。"她把爪子放在儿子的爪子上，"我知道现在有很多事情都改变了，乔治搬走了，但丁住进了咱们家，但是——"

"别说了。"肯尼把椅子往后一推，端着碗站了起来，"爸爸已经跟我谈过了。"

"你要去哪儿啊？"

"不知道。"肯尼把碗放在厨房的水槽里，"砰"的一声关上后门，快步走进院子。浓厚的乌云遮住了上午的太阳，但灰蒙蒙的天空几乎丝毫没有影响到妹妹们的好心情和笑闹声。

但丁在光秃秃的糖枫树下收拾落叶，肯尼的妹妹们在堆好的落叶堆里欢蹦乱跳。"我的小冤家啊，"但丁叫道，"要是不把落叶好好堆在一起，让甘姆怎么烧啊？咱们都要尽量保持整洁有序，好不好啊？"

肯尼一看见但丁，转身就朝车库走去。

"肯尼来了！"凯蒂尖叫着向他跑去，好几个兔妹妹也都跟着她跑过来。她们围着肯尼又蹦又跳，往他身上撒树叶，嘴里还有节奏地唱着："肯尼来了！肯尼来了！肯尼来了！"

"好啦……好啦……安静！"肯尼大声说道，"我要一个人待会儿。"

"不许你对我们大喊大叫！"凯奇说。

"是啊，"凯蒂说，"我们是想要告诉你一个秘密。"

"秘密？"肯尼的闷气顿时消了。

凯蒂小声对他说："甘姆去买花了。"

"是啊，是给妈妈买的。"凯媞补充道。

"不过这是一个惊喜，"凯米接着说，"所以谁也不能说出去，知道了吗？"

这时但丁也凑过来说："格雷厄姆是想让你妈妈在繁忙的家务事里得空休息一下，所以他去取外卖的午餐，顺便去一趟花店。他应该很快就回来了。"

"听起来很不错嘛。"肯尼嘲讽地说了一句，转身就要离开。

"肯尼，请等一下。"但丁叫住了他，然后对聚集在身边的兔妹妹们说，"我的小淑女们，也许你们可以给我和你们的哥哥几分钟，单独谈谈？"小兔子们跑开了，去跟那些没过来的姐妹一起，继续在落叶堆里嬉戏。

"你想说什么？"肯尼把头扭到一旁问。

"你不喜欢我。"

肯尼沉默了一会儿，才开口说道："你把我的朋友从我身边带走了。"

"把他带走了？"

"你懂我的意思。"肯尼说。

"难道你就没有别的朋友了吗？乔治爵士？夏洛特？波吉？"

肯尼转过脸来面对着他。"我是有……但他们都已不在我身边了。再说，格雷厄姆是我最好的朋友。"

"可他是我唯一的朋友，唯一了解我的人。"

"是的，因为你们都是所谓'神话中的野兽'。"肯尼嘲弄道。

"我是野兽？"但丁震惊地说，"格雷厄姆一直在努力帮助我认清楚这一点——尽管你是野兽，兔子肯尼，但是你和你的家人跟别的野兽完全不同。"

"啊，是呀！"肯尼开始用爪子细数，"你的尾巴上长着毒刺，满口都是锯齿般的尖牙利齿，还有着能够撕碎一切的凶猛的爪子……而现在你管我叫野兽？是我把你救出来的啊！"

"是你把我救出来的。对此我非常感激。"但丁依然保持冷静，"但是你说出口的话不伤人吗？你对那些关心你的人的态度不够尖酸刻薄吗？你不是也能做出恶毒的事情来吗？"

"你以为你是谁？你根本就不认识我！"肯尼伸出手指谴责他，"你住进我家，偷走了我最好的朋友，现在我倒成坏人了？"

"我没这么说。"

"你刚才就是这么说我的！"肯尼怒不可遏地高举起双臂，声嘶力竭地大吼起来，"啊——！"

但丁从自己的鬃毛上拂去一片落叶，似乎对肯尼的愤怒不屑一顾。"你知道，胸襟狭隘的小人，总是会向那些称之为朋友的人不停地索取。"

"不许你叫我小人！"

但丁毫不掩饰地笑着，然后又说："我并不是要

笑，但老实说，跟格雷厄姆和我相比，你们都微不足道。"

格雷厄姆和我，格雷厄姆和我，格雷厄姆和我。

这几个字在肯尼的脑海里反复出现。他永远都不会离开这里，我和格雷厄姆再也不能单独在一起了。

突然之间，他心里有了一个主意。

肯尼的声音变得异常平静。他欲擒故纵。"如果你们两个是这么要好的朋友，而我是这样的一个怪物，那么，也许，你们应该离开这里。"

"好吧，"但丁回答，"在某些时候，分开一段时间或许是最好的解决方案。"

"我会把他安安全全地接回来，"肯尼指着牧人山说，"格雷厄姆的洞穴就在那上面。你走吧！"

但丁仔细地打量了肯尼好一会儿，然后，他一句话也没说，转身向牧人山跑去。

这时，肯尼的爸爸驾驶着他的羊拉车过来了。妹妹们一起动手把落叶往车上装。"他去哪儿了？"爸爸问。

"爱去哪儿去哪儿。"肯尼喃喃自语，狠狠地跺着脚走开了，"我不知道。我不在乎。"

爸爸伸长了脖子，想透过树枝的缝隙看到但丁。"他不会是上山顶去了吧？"

肯尼耸耸肩膀，一副无辜的样子，尽管自己的所作所为让心怦怦直跳。

爸爸跳下车来，双手抓住肯尼的手臂，将他的身体扳过来，面对着自己。"阿肯，有人看见那个女巫就在这附近飞来飞去。你为什么不阻止但丁上山去呢？"

当怒气渐渐平息下来以后，肯尼才清楚地意识到自己的行为将会带来的后果。他焦急地睁大了眼睛，密切地搜寻着阴沉的天空。他没看到那本巨大的飞行书。现在还不到中午。我可以在她到达之前赶到那里，阻止一切发生。"我必须得走了！"他挣脱父亲的手，跑向车库，一把推开车库的门。他抓起汽车上的曲柄，用力发动汽车。他气喘吁吁地转动着曲柄，一圈又一圈地摇着，但是汽车怎么都启动不了。

"孩子他爸，出什么事了？"肯尼妈妈站在后门口，用围裙擦着自己的湿手爪。肯尼的妹妹们纷纷向她跑去。

"肯尼和但丁吵架了。"凯瑟琳说。

"肯尼罚他去甘姆的洞里不许出来。"凯伊说。

肯尼妈妈把女儿们都招呼过来："没事儿的，嗯，我相信男孩子们能够自己解决他们的问题。来，帮妈妈清理树叶。"

"呵呵，大家好啊！"这时格雷厄姆抱着一大堆食物和一束菊花走了过来，"我刚刚在城里，听说乔治和卫兵们正在追捕我们的敌人。听说有人在附近看见她了。也许我们应该——"

后面的话肯尼没有听到，他骑着自行车冲出车库，直奔牧人山的山顶而去。

他大口大口地喘着气，奋力把自行车骑到山顶的最高处，然后跳下车，飞快地向格雷厄姆的洞穴跑去。"但丁！但丁！"肯尼扯着脖子喊道，"你在哪儿？"

这时他听到头顶上传来一阵翅膀扇动的拍打声，随即见到格雷厄姆降落在他的面前。"出什么事了，肯尼？"

"来不及细说了。"肯尼冲进洞口，"但丁！但丁！"

"肯尼，但丁为什么会来这里？你妹妹说你……"

"小心！"但丁突然从昏暗处跳了出来，一把将格雷厄姆推到一旁，躲开了奈斯比特那本向下俯冲的大飞行书。她在空中盘旋着，准备再次进攻。

"来吧！你！"格雷厄姆深深地吸了一口气，鼻孔里闪耀着炽热的火花。

肯尼跳到他面前阻止他。"别这样！你会伤到弗利特的！你会伤到书里所有的神兽。"

"你最好还是听他的话。"奈斯比特说道。她将魔法书降落在洞穴的入口处。"但丁必须回到我这里来，格雷厄姆。只要他在，没有谁会是安全的，包括他自己。"

"那好，先等一下。"格雷厄姆说，"你绝不能把他带走。咱们一起好好商量。我相信咱们能够找到一个解决办法。"

"哦，当然，我们当然可以解决。"奈斯比特咕哝着说，"你为什么不跟他一起进去呢？Reclude（拉丁语：再次打开）！"只见《怪兽书》自己站立了起来。它的大封面自动打开了。突然间，一条巨大的蝎子尾巴向奈斯比特狠狠地抽打过来。奈斯比特迅速躲开了这一击，而飞行书被毒刺抽打得合上了。

"见鬼！没打着！"但丁咆哮着说。他摆摆带刺的尾巴，准备再次出击。

"噢！你看到了吧，肯尼？"奈斯比特像母鸡一样咯咯地叫着，"这就跟我在书中记录的一模一样——怪物总是使用暴力。一切都没有改变。我庇护了这个罪犯几十年，这就是他回报我的方式。"

"你才是怪物呢！"格雷厄姆伸手想要去抓那本魔法书，但是它闪开了。

奈斯比特奋力跳回到她的书上，书从地上飞了起来。"但丁，你已经跟肯尼说了实话，对吧？说说你究竟杀害了多少生灵？"

"是他们在追杀我。"但丁气得连脖颈儿上的毛发都竖起来了，他扬起手爪去打那本魔法书，"他们杀了我的全家，杀了我的小宝宝。我们并没有做错什么。我们只不过是在这个世上活着而已。"

奈斯比特在蝎尾狮面前降落下来。"但丁，这个世界仍然不欢迎你，特别是兔子肯尼。"

但丁眼巴巴地望着肯尼，期待着能看到他的一个表情、一个信号，或是一个手势，表明奈斯比特是

在胡说……但是年轻的兔子却避开了他的目光，保持着沉默。但丁的尾巴一下子无力地垂到地上。"如果我离开这里，你必须要保证，不去找格雷厄姆的麻烦。"

奈斯比特点点头。"我不会去追杀他。我保证。"她挥挥手。封面打开了，露出了一张空白的书页。奈斯比特从她的斗篷里抽出一支羽毛笔，用拉丁语低声念道："Novum nomen:Mantichoras（新名录：蝎尾狮）。"同时写下了"但丁"这个名字。

"你别去，咱们还会有其他办法的。"格雷厄姆挡住了但丁的去路。

但丁摇摇头。"还是我跟你说过的那句话，一切都没有改变。我们都是神话里的动物了，不再属于这个世界。再见了，老朋友。"他把格雷厄姆推到一边，向魔法书走去。"但丁！"他大声地念出自己的名字，书页顿时发射出灿烂的光芒，一瞬间，他被吸进了魔法书里。"啪"的一声，书合上了，然后又慢慢地打开。但丁不见了。一张新的插图出现在曾经是空白的书页上。

"他做出了明智的选择。"奈斯比特说道。刹那间，她的白内障消退了，眼睛也变黑了。她的身体变得挺拔，脊梁骨"咔吧"一声响。她大大地松了一口气，然后说道："交易就是交易。Flit Shrewsbury mihi ostende（拉丁语：给我看看弗利特·什鲁斯伯里）。"

只见皇家历史学家从书页中一下子滚落到了树叶堆上。奈斯比特脸上带着满意的微笑，轻巧地爬上了她的魔法飞行书。紧接着，书从地面上升了起来。"谢谢你啊，肯尼！"奈斯比特骑在书脊上飞去的时候，还没有忘记转过头大声致谢。在她的暗影之下，肯尼全家拼命地冲上了山顶。

"我们听到这里有叫喊声。" 肯尼妈妈的声音里充满了恐慌。

"到底发生什么事了？"肯尼爸爸问。

"问得真好。"格雷厄姆面对着肯尼，"告诉我，你没有做她的帮凶。"

肯尼再也忍不住眼中的泪水了。"我只是……我只是想让一切回到你我从前那样。"他不敢直视格雷厄姆，不敢去看任何一个人。

缕缕烟火从格雷厄姆的鼻孔里冒了出来。"你可知道，我已经开始觉得奈斯比特是对的。也许藏在她的书中比跟你在一起还要安全得多！"

肯尼妈妈开口说道："等一下，格雷厄姆，你不觉得你……"

但是她后面的话被格雷厄姆翅膀的拍打声淹没了。他急不可待地冲上天空，去追赶奈斯比特了。

肯尼和他的家人在山顶的最高处观望，看到格雷厄姆追上了那个女巫。她大声咒骂着，念着咒语，而格雷厄姆则是奋不顾身地与她那巨大的飞行书进行搏斗。

"天哪！"肯尼的妈妈叫道。

"抓住她，格雷厄姆！"肯尼的爸爸大声呐喊。

"对，抓住她，甘姆！"肯尼的妹妹们也跟着大喊。

奈斯比特高声念了一句咒语，飞行书就在半空中翻滚起来。尽管肯尼听不清她说了什么，但是有一个

词他听得清清楚楚：格雷厄姆。

当格雷厄姆的尾巴消失在书页里的时候，魔法书发出了耀眼的光芒。

肯尼全家都惊呆了。

"甘姆受伤了吗，妈妈？"一个妹妹问。

随着"呼"的一声巨响，那吞噬了格雷厄姆的魔法书俯冲下去，消失在山腰间的浓雾之中。只听到奈斯比特咯咯咯咯得意的笑声在山下的田野间回荡。一阵刺骨的寒风扫过牧人山，吹落了树上最后一片枯萎的叶子。

第十三章　那都取决于我们自己

兔子一家匆匆赶回家中。肯尼爸爸忙着照顾那十二个哭哭啼啼的小妹妹，而弗利特则立刻给国王写信，向他报告了目前的状况。炖锅里的浓汤散发出薄荷的香味，但这样也无法缓解大家的紧张情绪，所以肯尼妈妈又烧了一壶开水，给大家泡茶喝。

"谢谢您，兔子夫人。"弗利特端着他那顶针般大小的茶杯，吹着杯中的蒸汽。

"不客气。我发现喝洋甘菊茶是纾解压力最好的方式。"肯尼妈妈又倒了一杯茶，递给夏洛特，"谢谢你过来，亲爱的。他现在非常非常沮丧，不肯走出自己的房间。"

"我去看看能做些什么。"夏洛特说着往茶杯里

加了几滴蜂蜜。

夏洛特轻轻地敲了敲肯尼卧室的门，然后走进去，发现他正蜷缩在地上，靠着床脚。夏洛特在他身边坐了下来。"嘿！"

肯尼转过身去不理她。

"我给你倒了一杯茶。"

"我不想喝茶。"肯尼低声嘟囔了一句。

夏洛特深深地吸了口气说："听着，我知道你心里很难受，但是……你怎么能做那样的事呢？"

肯尼把头深深地埋了起来。

"我想说的是，你是在射箭靶场第一个站出来为格雷厄姆说话的人。可是别的神秘动物刚一出现……你就出卖他？"

"奈斯比特早就知道我会那样做的。我心生嫉妒。我是个混蛋。"他对着地板说道，"我真的是把一切都搞砸了。现在每个人都离开了我，格雷厄姆、乔治……甚至还有你。"

"我并没有离开你。我只是去了另外一所学校。这有什么大不了的？"

肯尼仍然低着头，沉默不语。

"老实说，肯尼，我是不想像我的爸爸妈妈那样，整天给人家缝补衣服过活。"夏洛特放下茶杯，"这所学校给了我很多从前没有过的机会。这对我来说真的很重要。我想，你作为我最好的朋友之一，这对你来说应该也是很重要的。但是你对我在意的那些事情似乎根本就不感兴趣。"

"也并不完全是这样。"他嘟嘟囔囔地说道。

"而且我又不是不愿意花时间跟你在一起。乔治不是跟你说过，我想和你一起去书店工作吗？你接受他的提议了吗？"

肯尼耸了耸肩。

"啊！兔子肯尼，有时候你的脑袋就像山核桃一样不开窍！"她站起身来要走了，"难道你不明白吗？当我们与格雷厄姆、乔治一起演出时，我才意识到，一场精彩的演出会产生多么大的影响力。你激励我，要我成为一个更优秀的人。这都是你的远见。现在镇上的每个人都那么敬重格雷厄姆，这些善意也都来自你啊！"

肯尼抬起头来看着她，满脸都是泪。"对不起！"

夏洛特跪着拥抱他。

"我真的对不起。"肯尼紧紧地抓住她，"我不是故意让事情变成现在这个样子的。"

"有时候，事情并不会按照我们的意愿发展，我们会失去对它的控制。"夏洛特把茶递到肯尼的手中。

肯尼抿了一小口。"我觉得自己就像一辆失控的汽车，偏离了道路。"

"那么，你打算怎么做呢？"

肯尼擦干了眼泪。"我想，应该是抓紧方向盘吧？"

夏洛特亲吻了一下他的脸颊。"那就紧紧地抓住方向盘，肯尼。"

大家都围着厨房桌子上铺着的一张大地图，看着弗利特在上面走来走去。他用铅笔指着环河镇西面的一片树林，说："当我被收进她的魔法书里时，我一直梦见白桦树，仿佛是透过一扇薄雾笼罩的窗户看到的。我相信我看到的就是她的巢穴，就隐藏在这里的某个地方。"他在地图上的"白阿尔德森林"打了一个"X"。

"白桦林？不太可能。"肯尼父亲心怀疑虑地看了他一眼，"会不会是银树林啊。"

"哦，对啦，就是银树林！"弗利特赶紧用橡皮擦去了他画的记号，跑到地图上标着银树的地方，"就是这里了，我敢肯定。"

"那她把格雷厄姆抓起来，是想要干什么呢？"夏洛特问。

"她说了，是要为下一次的行动做准备。"肯尼说。

"她还要去捕捉更多神兽，"弗利特补充道，"现在我们明白了，在过去的几个世纪里，她一直在做这件事。"

"我猜她是要离开我们的王国。"夏洛特说。

"那我们就再也找不到她了。"肯尼痛苦地呻吟着说。

弗利特摘下眼镜，揉了揉眼睛。"我担心这个消息可能无法及时送达给国王或者乔治爵士。"

"我可以帮忙。"肯尼妈妈说，"我去隔壁借用邻居家的电话，打电话给欧内斯特。"

"欧内斯特是谁？"弗利特问道。

"他是镇上飞得最快的信鸽。"肯尼妈妈说完，飞快地冲出了大门。

"好主意，妈妈！"肯尼说，"格雷厄姆说乔治就离这儿不远。"

"但是具体在哪里呢？"弗利特在地图上显示的环河镇的地方画了一个大圈，"即便有一只飞行速度很快的信鸽，也要花些时间才能找到他。"

"那就只能靠我们自己去阻止她了。"肯尼站了起来。

"等一下，阿肯，"肯尼爸爸说，"即便我们用赛马的速度，赶到银树林，也要一天多的时间。到那时候，奈斯比特那个老家伙说不定早就溜了。"

　　"您说得对，爸爸。但是如果开我的小汽车去，几个小时就能赶到。"

　　爸爸皱起了眉头。"那么你需要一直快速行驶。而一旦汽车抛锚……"

　　"我必须要冒险一试，"肯尼说，"是朋友，就必须在关键的时候，挺身而出。"

———————❧———————

　　下午的寒风吹开了云朵，秋日明媚的阳光照耀着大地。肯尼领着夏洛特穿过院子，来到车库。弗利特紧跟在他们身后，用最快的语速跟他们说话。

　　"奈斯比特施展了一种长期以来被禁止的魔法，这种魔法我也只是在历史文献中读到过。"他说，"我简直无法跟你们形容，她有多危险。"

　　"我明白，"肯尼边说边打开车库门，"但我必须要去救格雷厄姆。"他尽量不去想自己的好朋友被魔法书吸进去的恐怖画面，他把手中的地图递给了夏洛特。

　　"那么，我们要做的，就是打开那本书，然后念格雷厄姆的名字，他就能自由了？"夏洛特问。

"我认为是这样的，"弗利特说，"但这也并不是那么简单的事。你必须在奈斯比特毫无察觉的情况下完成这件事；否则，你们可能也会像我一样，被她囚禁到书里。"

"那我们该怎么做呢？"夏洛特把手提包扔进车里，坐上副驾驶的位子。

"我不知道。"肯尼说，"但我认为，那些动物一旦被囚禁到书里，她就会吸走他们身上的能量。"

"嗯，很有趣的观点。"弗利特用手帕擦了擦眼镜。

"我不认为这是什么观点。"肯尼戴上驾驶护目镜，"自打但丁被吸进书里以后，奈斯比特好像突然精神焕发了，更加健康了。"

"嗯，这就能够解释得通，她为什么会那么长寿了。"

"看来我们的任务十分艰巨啊。"夏洛特扣上了外套的扣子。

"别发愁，"肯尼说，"咱们这一路上会想出办法来的。"他将启动曲柄摇了两圈，汽车发出了充满生机的吼声。

信鸽欧内斯特飞来了，从院子上空降落到他们面前。弗利特说："你们要尽量拖住她，同时，我会去找乔治爵士，然后尽快与你们会合。"他匆匆走向欧内斯特，爬进了信鸽爪子上抓着的柳条乘客篮子。

"祝你们好运，肯尼少爷、夏洛特小姐。"欧内斯特从老兔子农场起飞了，直冲长空，弗利特在篮子里向大家挥手告别。

肯尼跳上汽车司机的位子，调整了一下他的帽子和护目镜。"准备好了吗？"

"准备好了。"夏洛特回答。

肯尼向家人摆了摆手，疾驰而去。

"再见——！"他的妹妹们在他身后大声喊着，"一定要把甘姆和但丁带回来。"

———❦———

汽车轰鸣着全速前进。肯尼紧紧地抓住方向盘，希望他们能及时赶到营救现场。

"好像只有一条路穿过银树林。"夏洛特研究着在风中飘动的地图说，"你会看到一个通往登喜路的左转路口。它随时都会出现……就在这里！"她指着一个挂在钉子上的手绘小路标。

肯尼猛地把车往左一转，冲向前方隐约可见的森林。

"慢点儿开。" 当他们沿着土路疾驰而下时，夏洛特对他说。她在自己的座位上站了起来，仔细搜索这片区域。

"到处都是白桦树啊！"肯尼说。

"我知道。"夏洛特坐下来，再次研究地图，"咱们怎么才能找到她呢？"

肯尼努力回忆着他所知道的关于奈斯比特的一切，希望能找到某些线索。她的魔力似乎大得无边无际。她可以坐在一本书上满天飞，可以用这本书诱捕任何一个她想要的人，而且她可以借着一团烟雾突然消失。这时从他们身边飘过一股硫黄的味道。肯尼猛踩刹车。汽车打了个滑，停了下来。"你闻到那股味儿了吗？"

夏洛特抽了抽鼻子。"真恶心！臭鸡蛋味儿！"

"就是这味儿！ 这味道是从哪里来的呢？"肯尼环视着四周。

夏洛特用手指着一个地方，叫道："嘿，那边有烟，看到了吗？"

"哦，我看到了。"肯尼脸上露出欣喜之色，边说边把汽车开往夏洛特指示的方向。他们把车停在离烟源不远的路边。

"那咱们怎么才能拖住她呢？"夏洛特走在肯尼

身后，轻声问道。

"我们不是要拖住她，"肯尼回答，"而是要救格雷厄姆……还有但丁，如果他也出来的话。"

"你确定吗？"她问道，"你也听到弗利特是怎么说的了吧？"

"我知道，但我必须把这件事办好。"肯尼答道。他停下脚步，侧耳倾听着寒风掠过秃树的凄凉声响。

一阵风吹来，吹散了迷雾，林间空地上出现了一棵巨大的古树。它光秃秃的树枝和白纸般的树皮让它看上去就像一个幽灵。在开裂的树干缝隙中，生长着许多神秘的蘑菇和其他各种奇怪的菌类植物，当风吹过树枝时，它们会发出风铃般的叮当声。在树干的树杈处，有一间摇摇欲坠的小屋，屋子四周挂着几条破绳梯，活像一张巨大的蜘蛛网。

肯尼用一根手指抵住嘴唇，小心翼翼地走到离他最近的绳梯下面，试着往上爬。绳梯摇摆不定，他一脚没踩稳，滑了下来。他又试了一次，结果从梯子上摔了下来，仰面朝天地倒在地上。

"你没事儿吧？"夏洛特轻声问道。

"啊，我没事儿。"他沮丧地回答，"我只会跳，不会爬。"

"你说的没错。" 夏洛特立刻脱掉自己的鞋子，"你待在这儿别动。让我想想怎么爬上去才好。"夏洛特只用了几个优雅的弹跳步，就蹿到了树屋门口。她悄悄地从铅条窗外往屋里偷看了一眼，然后就溜了下来。

　　"她……在里面吗？"肯尼问。

　　"在。她在地板上画了一个很怪异的圆圈，上面画着一些奇怪的符号，周围还放着很多蜡烛。"夏洛特用脚探试着一条绳梯，"好了，这边走，跟我来。"

　　肯尼紧随着夏洛特，从绳梯攀上树屋。他们蹲在门前堆积如山的垃圾后面，听到屋里传来刮地板的声音，好像在移动什么重东西。肯尼和夏洛特偷偷地从门廊窗户的一块玻璃缺口往里瞄了一眼。

　　精力充沛的奈斯比特正在她凌乱的客厅里使劲儿地将一把软垫座椅往角落里推。"还需要……再多……一点儿……空间。"她哼哼唧唧地念叨着。接着，她跪下身去，拿起一支粉笔，继续在地板上画她的魔法圈。她一一点燃了蜡烛，念念有词地高唱着："是时候了，远离斯通霍恩，远离那些找麻烦的家伙，ianuam reclude（拉丁语：开门）。"圆圈里面的地板立刻消失了，但那里并没有出现一个空洞，而是出现了一个黑色的魔法旋涡。奈斯比特抓起一个茶杯，把它往旋涡里一扔。她用双手捂着耳朵，等待着，但并没有听到瓷器打碎的声音。

"太棒了！"说着，她又不停地把更多的东西扔进了旋涡里。当她走过《怪兽书》旁边时，用手抚摸着那哆哆嗦嗦的封面。"别担心，我的宠物们，我会带着你们一起走的。" 魔法书听了她的话，安静下来，老老实实地待在一个超大的书架上。

夏洛特继续监视着女巫的动静，肯尼却滑了下去，离开了夏洛特的视线。"我这是在想什么呢？这样做是没有希望的。"恐惧就像一只被困住的蝴蝶，在他的身体里面乱扑腾。

"嘿，看！"夏洛特拍拍他的肩膀，"她上楼去了。"

肯尼转过头，只看到奈斯比特那覆盖着鳞片的尾巴被拖上了摇摇欲坠的楼梯。

"咱们的机会来了。赶紧走！"夏洛特悄声说。

肯尼深深地吸了一口气。你能做到。他聚精会神、小心翼翼地推开门，溜了进去，夏洛特紧跟在他后面。他们一进小屋，魔法书的书页就激动地拍打起来，像一只被惊扰的鸟儿。肯尼指着封面上打开的金属扣，说："快！把它扣上，否则它会攻击咱们

的。"

夏洛特灵巧地一步跃过大门，落在书上，一下就把金属扣扣上了，只听金属扣"咔嗒"一声响。

肯尼松了口气。他密切注意奈斯比特的动静，她还在楼上收拾东西呢。肯尼避开旋涡的边缘，跟夏洛特一起抬起了那本书。"好了，咱们一起抬着书，赶紧离开这里。"他低声说。

他们俩把那本又大又重的大部头书从书架上抬起来，悄悄走向敞开的屋门。魔法书一个劲儿地扭动，想要从他们手中挣脱，但他俩紧紧抓住不撒手。当他们靠近门口时，夏洛特停下了脚步。

"怎么了？"肯尼压低声音，咬着牙问道。他手

心上全都是汗水，手中的书变得滑溜溜的，都快抓不住了。

"门不够大，"夏洛特低声说，她也拼命地抓紧手中的书，"她是怎么把它弄进来的？"

"咱们必须要……噢……给它转个方向，"肯尼回答，"咱们数到三，一起来，好吗？一、二……"

"埃尔德里奇·奈斯比特！"一个严厉而又熟悉的声音从门外传来，"遵照斯通霍恩国王陛下的圣旨，我命令你立即投降。你已经被我们包围了。"肯尼往外一看，只见乔治坐在他的坐骑上，宣读着圣旨。一队士兵已经把古树紧紧地包围了起来，有些人手持火把，另外一些人手持宝剑和弓箭。

"总算是不用偷偷摸摸的了。"肯尼咕哝着。

"肯尼，注意身后！"夏洛特喊道。

第十四章　神话传说中的东西

"抓贼呀！"奈斯比特尖叫着冲下楼梯，"兔子肯尼，你惹错人了吧！"她拿起一支烛火闪烁摇曳的深红色蜡烛，一口气把它吹灭。只见一个火球从她嘴边喷射过来。

肯尼和夏洛特连推带搡地把魔法书挤出了门。它跌跌撞撞地滚下树屋，"砰"的一声落到地上。当火球飞过来的时候，肯尼和夏洛特已经从门口跳了下去。

"肯尼，我的好孩子！"乔治骑着马向他跑过来，"你找到了魔法书，干得漂亮啊！"

"的确干得漂亮！"坐在乔治前面的弗利特补充道，"你们把格雷厄姆救出来了吗？"

"还没有。"夏洛特扶肯尼站起来。

171

"拦住她！"肯尼气喘吁吁地说。他和夏洛特抬起魔法书，运往汽车那边。

"不要怕！我们一定能战胜她！"乔治举起了他手中的剑，"我们手中掌握着女巫石、魔镜，还有各种各样的护身符。"他绕着女巫的树，一边兜着圈子，一边大声地下达命令。

奈斯比特的声音打破了森林的寂静，她高声诅咒着，施展巫术。她的尖叫声混杂着士兵的叫喊声，还有武器碰撞的叮当声。肯尼和夏洛特抬着魔法书，累得上气不接下气，终于挣扎着来到林间空地上。

"咱们先把书放在这儿，靠在树干上。"肯尼说，然后他们放下了书，"无论如何，都不能让它打开。"

"你用不着跟我说两次。"夏洛特弯下腰，大口地喘着气，"那，现在呢？"

肯尼揉着自己的额头，思考着。"一旦我们打开那个锁扣，这东西就会像疯了一样到处乱撞。连乔治都按不住它。我们需要设法把它固定住。"

夏洛特仔细观察缠绕着魔法书书脊的皮带和装订线，问："有绳子吗？"

"有！"肯尼立刻向汽车跑去，打开车门，随即带着一大卷绳子跑回来了。夏洛特把绳子搭在自己肩膀上，绳子的一头交给肯尼。

"帮我把书捆起来。"她说。

肯尼当即照办。没用多长时间，他们俩就把绳子从束缚魔法书的皮带中穿过，再把它跟附近的几棵大树牢牢地绑在了一起。

远处，奈斯比特的巢穴里传来了更加喧嚣的叫喊声。有什么东西爆炸了。

"听起来不妙啊。"肯尼心中感到不安。他用力拉了拉系在树干上的绳结。"挺好，系得很结实。"

"这叫活扣，"夏洛特一边回答，一边收起余下的绳子，"我是在缝纫课上学的……就是，在那个你不喜欢的学校。"

"噢，得了吧，夏——"他刚开口说。

"我逗你玩呢。"她向他挤了挤眼睛。

肯尼对夏洛特笑着，同时把手伸向书的锁扣。"等我把书打开，你就把封面绑住，不能让它合起来，明白了吗？"

夏洛特点点头，手抓绳子，做好准备。

"哎哟！"肯尼叫道。

"哎哟什么？"

肯尼用力地晃动着锁扣。"扣得太紧了。我打不开。"树林里寒风袭人，但他却是满头大汗。这时，他们身后传来一阵急促的跑步声。肯尼心中一惊，猛地转过身去。

只见弗利特从树林里跑出来，他身上穿的夹克有好几处都被烧焦了，尾巴尖上还冒着烟。"运气如何？"他问。

肯尼摇摇头。"我打不开这本书，它被魔法锁死了。"

"你还是赶紧想想办法吧，肯尼少爷！我不知道乔治爵士和他的手下还能拖延多久。"这时，只听"轰隆"一声巨响，他们几个全都跳了起来。弗利特立即跑回战场。"我要去帮忙了。你们要快点儿！"

肯尼沮丧地揪着自己的耳朵。我得到了魔法书，却没法把格雷厄姆救出来，其实我需要做的就是念出他的名字。突然间，他有主意了。他想起了在奈斯比特的住处发现的那张纸片。"我的名字也在书里。"

"肯尼？你说什么？"夏洛特的语速很快，眼睛睁得滚圆。《怪兽书》激烈地扭动着，想要挣脱绳子的捆绑。

肯尼踱着步子，绞尽脑汁地寻找解决问题的方法。"但是它没法把我吸进去，因为它是锁着的……而只有奈斯比特知道打开它的咒语。然而，要是我的名字已经写在书里了——"

"要是你念你自己的名字，这本书会怎么样？"夏洛特打断了他。

"它会自动打开一个入口，打开一条通道，通往弗利特曾经待过的地方，也就是格雷厄姆目前所在的地方。"

"需要做的，就是把你的名字写在书上？"

肯尼点点头。

夏洛特立即冲到汽车旁边，抓起她的书包，从里面掏出一支钢笔。

"太棒了！"肯尼立刻明白了她的计划。

夏洛特在书的封面上写下了肯尼的名字，写的是华丽的美术字。她刚一写完，她写的字就开始闪光。森林深处，奈斯比特老巢的战斗声越来越激烈。"我们的时间不多了，"夏洛特说，"你得快点儿了。"

"我需要加快速度，加快到最高速度。"肯尼挽起袖子向汽车跑去。他用曲柄一下子就启动了汽车，跳上司机位子，立即发动了引擎。

"你去哪儿啊？"夏洛特问。

"给我十分钟。"他把车挂到倒车挡，倒车，给自己的前方留下足够的空间，"要是这样做有效的话，这本书就会自动打开，把我吸进去。当书打开的时候，无论如何，你都要确保，让我那一页必须是敞

开的。要是它合上了，我就完蛋了。"

"我会全力以赴。"夏洛特做好了准备，"你要小心啊！"

肯尼点点头，猛踩油门。车轮飞转，汽车斜穿过林间空地，直冲魔法书撞了过去。就在汽车快撞到魔法书之前的那一刻，他大声念出了自己的名字："兔子肯尼"。

只见一道闪光从空中划过。

———————————

广阔的田野，阳光普照，草地上野花丛生，一直伸展到跨越地平线的山谷之中。远处，翠绿的山丘上悬挂着银色的瀑布，一道美丽的彩虹在瀑布上方闪闪发光。微风习习，一只蓝色的知更鸟在叽叽喳喳地歌唱。肯尼的汽车打了滑，他及时刹住，跳下车来。

"这地方好美呀。"说完，他深深地呼吸一口又香又甜的空气。顿时，营救朋友的焦虑离他而去。他的眼皮变得沉甸甸的，他好像正在打瞌睡。他靠在尚未熄火的汽车边上，笑眯眯地看着一只蝴蝶围着他的脸庞翩翩起舞。他的话开始变得含糊不清："我可以永远……待……在这里。"

"砰！"

汽车发生了逆火，爆鸣声惊醒了兔子。魔法书的魔力开始从他的头脑中渐渐消散，他使劲儿地摇了摇头。

一个毛发蓬松的脑袋从附近的野花地里冒了出来。他打了一个哈欠，兔子能看到它嘴里一排排锋利的牙齿。这只毛发乱糟糟的动物眨巴着眼睛，观察着周围的环境。

"我认识你。"兔子向毛茸茸的动物走去。那是一头蝎尾狮。

"我也认识你。"他回答道。

"但我想不起你的名字了。"兔子眉头紧锁，努

力地回忆着。他能想起家里人和朋友们的名字，却记不起来自己叫什么名字了。

"别去想了。"蝎尾狮说，"我跟你一样，一进这个地方就什么都不记得了。"

不过记忆又开始慢慢飘回兔子的脑海。他飞快地说："我为我之前所做的一切向你道歉。要是能够动作快点儿，咱们就可以逃走了。"

蝎尾狮转过头去，躺下来继续睡觉。"我很高兴你认识到你的行为所造成的伤害，但是现在为时已晚。再见。回到你的安全世界去吧。"

"那不是我的世界，是我们的世界。"兔子回答，"谁也不应该被关在这里，我可以带你出去。"

"你已经背叛了我，就跟其他人一样。我为什么要相信你？"蝎尾狮始终背对着他。

兔子柔声说道："你说得对。我确实会做恶毒的事情。但我之所以不喜欢你，不是因为你本人，只是觉得你把我最好的朋友从我身边带走了。你们俩有那么多共同之处，这让我很难接受。现在我已经明白了事实真相。"

"什么事实真相？"蝎尾狮转过头面对他。

"做朋友还是做野兽，"兔子回答，"那都取决于我们自己。"

"那你决定做什么呢？"

兔子耸了耸肩。"我还在两者之间，正在努力向更好的方向发展。这也不是那么容易做到的。"

蝎尾狮认真地打量了他一会儿，才开口说道："我接受你的道歉，但是你无法替你的同类道歉。他们还是会像以前一样四处追捕我。"他又躺了下去。"我最好还是在这里待下去吧……在这个炼狱里。"

"再也不会有人去搅扰你，或者这里任何一种动物了。"兔子说，"斯通霍恩国王一定会特别关注这个问题。他关心王国里所有的生物。他不是说过，你的朋友就是我的朋友吗？"

蝎尾狮看着兔子的眼睛说："你太天真了。这书里关着的，不都跟咱们龙朋友一样，还有很多危险的野兽。你把他们怎么办？"

"这并不取决于我，让他们自己去选择自己的命运吧。"兔子说。

蝎尾狮对这一回答感到非常惊诧。

"我不知道。"兔子继续说道，"也许他们只是需要一个朋友，就像我们所有的人一样。"

蝎尾狮在沉思中挠着自己的下巴，这不禁让兔子想起了那条龙。远处传来隆隆的雷声，大地在震动。

"咱们得赶紧走了。要尽可能多地召集这里的动物，包括咱们的龙朋友在内。"兔子说，"你必须相信我。"

蝎尾狮站起身来。"好吧，兔子。我会帮你完成这个任务。但我不知道咱们的龙朋友在哪里，所以我们还需要些时间。"

雷声轰鸣，眼前的一切都在晃动。一群蝴蝶越过田野，飞向闪闪发光的门口。他们飞进门口，消失在亮光里。

"那是出口！"兔子说。

"它一直是开着的吗？"蝎尾狮问。

"是的，夏洛特负责让门开着。"兔子说出了她的名字，高兴地笑了。这时一声霹雷在他们头顶上炸开了。

"外面究竟发生了什么事？"蝎尾狮问肯尼。

"我们……呃……可能偷了她的书。"

又一声雷鸣响彻山谷。蝎尾狮抬头仰望着万里无云的蔚蓝天空，说："奈斯比特大发雷霆了。"

兔子倒吸了一口气说："你可以这么说。"

❦

夏洛特拼命地拉着那根绳子，绳子穿过了锁扣，把魔法书绑在一棵树上。魔法书的封面不停地扭动、抽搐，拼命想要合起来，但被夏洛特的绳子牵引着，它只能开着。

"噢，快点儿啊！" 夏洛特焦急地看着书中肯尼和但丁谈话的动画，下意识地咬着自己的指甲，但听不到他们说的话。她能听到的是，树林里的战斗声越来越激烈，而且距离这片林中空地越来越近了。

"孩子们，我们已经把她制服了！"乔治的声音响彻树林。

奈斯比特魔窟的屋顶在一簇火花和紫色的烟雾中爆炸开来。紧接着，一大群蝴蝶从魔法书上飞了出来，围绕在夏洛特身边翩翩起舞。

———— ❦ ————

兔子跳上了他的汽车，巨大的蝎尾狮想坐在汽车后座。

"你坐得进去吗？"兔子问。

"有点挤。" 蝎尾狮挣扎着说，"我告诉过你……呃……你们对我来说，都是小家伙。"

兔子听了这话，笑起来了。

蝎尾狮索性用爪子抓住汽车后座，一把从车上扯了下来，扔到地上。然后，他迈进车里，舒舒服服地把自己塞到司机座位的后面。

"好啦，"兔子说，"带路吧。"

"好极了。" 蝎尾狮指点着方向，汽车载着他们飞驰而去。

———❦———

"夏洛特小姐，"弗利特从灌木丛中跑出来，浑身上下都是烟灰，胡须都烧焦了。（弗利特大师告诉我说，这些胡须后来长了很久很久，才恢复到原样）。"运气如何？"

乔治从他身后冲了上来。"他在哪里？肯——"

"不要说出他的名字！"夏洛特立刻用爪子捂住了他的嘴，"他和蝎尾狮都在书里呢。他们要去营救——你懂的——那一位。他们刚刚驾车离开。"

弗利特吃惊地睁大了眼睛，问："他在书里面？"

"汽车也在书里面？"乔治问。

"哦，这可不太妙。"弗利特扭动着双手，"十分不妙。"

"为什么？"夏洛特问。

"因为，"乔治说，"狡猾的奈斯比特溜走了。"

"什么？"夏洛特大声惊叫起来。她的眼睛迅速

地转动，扫视着周边的树木。

　　"我们以为她已经死掉了，大人！"一名身穿盔甲的士兵走进林间空地报告。其余的士兵跟在他身后。很显然，现在士兵的人数比他们刚来的时候少多了。

　　乔治摇着头说："我明白。她跟我们玩 '假死'。"

　　"那是书中最古老的把戏。"弗利特补充道。

　　"但我们还是上当了。"乔治继续说道。他紧紧地握着手中的剑，接着说："伙计们，准备好武器，不惜一切代价，保护这本书，直到我的小绅士从里面逃出来。"

"啊——咕嘎！啊——咕嘎！"肯尼不停地按着喇叭，他的小汽车疾驰过田野，穿过小溪，越过覆盖着青草的小山岗。一群刚刚苏醒过来的神兽也加入了他们的行列。雄伟的独角兽、咆哮的奇拉美，还有好多其他的动物伴在汽车旁边飞奔，长着羽毛的狮鹫、鹰头马身兽和珀伽索斯[1]成群结队地在天上飞。坐在兔子旁边的是一只独角兔，他细长的犄角直指万里无云的天空。在肯尼身后，一只毛茸茸的小蝎尾狮宝宝正用鼻子蹭着那头巨大的老蝎尾狮。

"我们就快到出口了。"肯尼在引擎的轰鸣声中宣告，"就在前面不远。"

"还是不见咱们龙朋友的踪影啊！"蝎尾狮说。

"别担心，我们会找到他的。"肯尼的小汽车飞速向前冲去。

————————◆————————

"肮脏的小偷！我一定要让你们付出昂贵的代价。我会把你们全都变成苍蝇，再把你们全部吃

————————
1 珀伽索斯：希腊神话中的神马。

掉。"奈斯比特骑着一把飞天扫帚俯冲下来。夏洛特和弗利特赶紧闪到一旁，躲在魔法书的封面后面。

"瞄准她，弟兄们，别让她靠近那本书！"乔治大声命令。

奈斯比特打开了一个装满魔法橡子的天鹅绒口袋，每颗橡子的外壳上都刻着神秘的文字。她从口袋里拿出一颗橡子。"Igni（拉丁语：燃烧）！"她念了一声，橡子立刻迸发出紫色的火焰。她把燃烧的橡子朝乔治扔了过去。老骑士立刻从腰带上抽出一面精美的手镜，像打网球一样把橡子猛击回去。只见橡子从奈斯比特的头顶上飞过。

"打得漂亮！"她又向乔治投掷出一连串的橡子，而乔治全都避开了。不过，其中一颗橡子击中了一名士兵。橡子打到士兵身上，火焰一下子吞噬了他的身体。"噗"的一声，火灭了。只见一只大绿苍蝇在混乱之中嗡嗡地叫着。"又倒下一个！" 奈斯比特咯咯咯咯得意地大笑着。她飞过那本打开的魔法书，看到了肯尼的名字。"太完美了，"她继续大笑着说，"完美得让人难以置信！"

"我觉得现在该让咱们的朋友赶紧撤出来了，"弗利特说，"咱们剩下的士兵不多了。"

"先别撤，"夏洛特回答，"咱们再多给他一点

儿时间。"

　　奈斯比特从他们头顶上飞驰而过，声嘶力竭地
叫喊着："你们待着别动啊，下一个就该轮到你们
了！"

　　当兔子猛踩刹车，想要停下来的时候，汽车的散
热器像愤怒的茶壶一样发出尖厉的哨声。"好，咱们
已经到出口了。"

一大群神秘的动物聚集在闪闪发光的大门口，谁也不敢从那儿出去。

　　"去吧！"兔子给汽车熄了火，指着大门说，"你们自由了。从那里出去吧。"

　　一条身上布满鳞片的双头蛇朝门外仔细看了看。"也许我们还应该再想想清楚。"他的一个头说，第二个头点点头表示同意。

　　"完全正确。谁知道外面等待我们的是什么呢？"一头环颈翼龙降落在门口，"我记得外面曾经有骑士追杀我。"

　　"朋友们，"蝎尾狮站立在众多神秘动物的中间说，"现在外面的世界已经不是我们很久以前离开时那个充满仇恨的世界了。请相信我，相信我的兔子朋友。"

　　"我还是不太确定应不应该出去。"一只独角兽向后甩了一下自己飘逸的鬃毛，轻声说道，"在这里面，我们不会遇到危险。"

　　"而且很舒服，"一只红尾狮鹫说，"尽管我们被囚禁在这里，但没有痛苦，也不遭罪。"

　　"生活并不只是晒晒太阳、打打瞌睡。"兔子说，"你们已经忘记应该怎样生活了。"

　　"难道你们不想自由自在地去你们想去的地方，

做你们想做的事情吗？"蝎尾狮问，"不想结交新朋友吗？"

"当然想了。"红尾狮鹫说，"但那跟我们已经习惯的生活方式很不一样。我们愿意跟我们的同类住在一起。看看我们当中有这么多人在这里，也许我们的生活就该如此。"

"但是时代已经变了。"兔子站到蝎尾狮身旁，"人们会张开双臂欢迎你们的。你们都是有魔力的，世界会因为你们的存在而变得更加精彩。大家会庆祝你们的到来。人们已经很久没有看到你们了，他们还以为你们只存在于神话传说中呢。"

"那为什么现在要改变这一切呢？"一只鹰头兽问道。

"因为改变有的时候会带来好的结果。"兔子说。

"如果你们想从这个被奈斯比特封锁的动物监牢里挣脱出去，现在就是最好的机会。"蝎尾狮说，"来吧，跟我来！"他纵身一跃，出了大门。动物们挤在旁边观望着。

接着独角兽跟着跳了出去，紧跟着的是鹰头兽，然后是奇美拉。

其他动物全都跟着冲了出去。

"等一下！"兔子叫道，"咱们的龙在哪里？"

奈斯比特骑着扫帚飞驰疾下，对着乔治俯冲过来。士兵们全体拔出武器，护卫在乔治两侧，助他在《怪兽书》前坚守。

女巫把爪子伸进天鹅绒口袋里。"好了，嘘——飞吧，嘘——！"她吆喝着，抓出一把火红的橡子。

正在这时，但丁从书中跳了出来，后面紧跟着一只又一只被困在里面的动物。这些神奇的动物或连蹦带跳，或拍打着翅膀，或在空中滑行，他们纷纷向四面八方奔跑，乔治和他的同伴也都四下散开了。

"不要啊！"奈斯比特尖声嘶叫着，"你们是怎么出来的？不要抛弃我。我给了你们完美的避难所。回来！"

***

最后一个来到这动物牢笼出口的是一只孤独的蟋蟀。他从兔子身边跃过，见兔子仍然在书中拼命地发动汽车。

"感谢你帮我们这些小动物离开这里。"蟋蟀掀掀帽檐致敬。

"不客气！"兔子答了一句，继续用力摇动曲柄。汽车冒出一团浓烟，但是没有启动。

"需要帮忙吗？"蟋蟀友好地说，"我还有些

时间。"

兔子停下来擦了擦额头上的汗，说："我在想办法发动这辆汽车，好去找我的龙朋友，然后跟他一起离开这里。"

"是龙吗？一个差不多这么高的家伙？"蟋蟀使劲儿把手伸到最高的程度比画了一下，高度差不多有一英寸长。

尽管情况紧急，兔子还是忍不住咯咯咯地笑了起来。"是啊……哎，慢着！你知道他在哪儿吗？"

"就在那边，在那棵垂柳下。"

"多谢啊！"兔子飞也似的向那棵垂柳奔去。他拨开柳条儿，看到自己的好朋友正在树荫下呼呼大睡。

"醒醒！醒醒！"兔子推搡着他，"咱们得走了。"

"你……你来啦！我是在做梦吗？"睡眼蒙眬的龙紧紧地拥抱着兔子，"实在对不起啊，我就是一个恶棍。"

"那不是你的错，是我的错。是我给你惹的祸，"

兔子说，"应该道歉的是我。"

"不，应该是我。我已经很久没有见到但丁了。"

但丁。对了，这就是那头蝎尾狮的名字，兔子心想。"我知道，我知道。"他拉着龙的手，"咱们可以等会儿再聊吗？等咱们从书里出去以后？"

"可以。但是我想让你知道，你是我最好的朋友。"龙递给兔子一张折起来的纸，上面写着龙在晚餐时朗诵的那首诗。

兔子愣住了。"我还以为你是想和但丁做朋友，而不是跟我。"

"别瞎说了。你真够傻的。"龙打着哈欠说，"再说了，你也有别的朋友，对吧？比如说，乔治？"

"是的。"

"还有夏洛特？"

"当然。"

"还有波吉和波莉？"

"嗯，是……我想是吧。"兔子回答。

"我想说的是，你的身边全都是朋友。而一个朋友不能取代另一个朋友。"

"你说得对。"兔子一边说，一边推着龙往汽车那边走。

"朋友们可能来来去去，但乔治、夏洛特和我——我们会永远陪伴在你的身边。"

———❦———

奈斯比特用魔法释放出的硫黄烟雾消散了，仍然绑在林中空地上的魔法书显露出来。一只孤零零的蟋蟀从打开的书页上跳下来，落到树叶堆里。

"我们必须马上叫他出来了。"弗利特往打开的书前跑去。

"别去！"夏洛特把他拉了回来，"他还没把龙救出来呢。"

"出来吧，出来吧，我的小蛆虫们。是时候像小肥苍蝇一样展开你们的翅膀了。"

弗利特和夏洛特从书的封面后面悄悄地向外窥视。

乔治跪在林中空地的尽头。奈斯比特站在他身旁，脚边放着她的破扫帚。她现在看起来异常衰老，眼睛白得像幽灵，声音嘶哑而低沉。"把我的书还给我。"她那颤巍巍的爪子抓着一颗燃烧的橡子，离她的头只有几英寸远。"要是你们再不快点儿把书给我，这位英勇的骑士就会变成胆小的苍蝇了。"

"好吧，好吧。"弗利特举着双爪走了出来。夏洛特跟在他后面。

"不许你伤害他！"夏洛特说。

"在这里发号施令的应该是我，"奈斯比特冷笑着说，"现在我命令你，这就去给我的书松绑。立刻！"

"……还有，"龙紧跟着兔子走到了门口，说，"但丁或许是我的老朋友，但是你，我亲爱的小娃娃，是我最好最好的好朋友。所以你看——"

"拜托，"兔子上了汽车，"咱们先离开这儿再说吧。"

"我真是糊涂。当然应该先离开这儿。"龙说。他弯下腰，去摇动汽车的启动曲柄。引擎连咳带喘地发动起来了。"你怎么把车毁成这样了？"汽车排出的废气在他身边翻腾，他不由得做了个鬼脸，"听起来很糟糕啊。"

"我一直开着它抢救所有的朋友。"

"哦，是的，好啊……别担心。我们一到家就把你的车修好。好吗，我最好的好朋友？"

"好啦，好啦。"兔子指着出口说，"咱们可以走了吗？"

"好吧，好吧。"龙停顿了一下，"天哪，天哪，我简直等不及到明年的丰收节了，当我们全体出现在射箭帐篷里的时候，那个林克脸上的表情会是什么样啊。"

"拜托，快走啦！"兔子恳求道。

龙摆了个芭蕾舞的造型。"咱们在外面见。"说完，他踮起脚旋转着，转出了大门。

转瞬间，大门消失了，把兔子独自留在了里面。

***

"嗒嗒！"格雷厄姆欢呼着降落在林间空地上，随即做了一个旋转，优雅地对观众鞠躬谢幕。起身后，他看到夏洛特、弗利特和乔治都被绑在一棵树上，他们用眼神示意，让他注意身后。格雷厄姆转过身去，看到奈斯比特站在她的魔法书前，手里还拿着那颗燃烧的橡子。

"Clude（拉丁语：关闭）！"她低声念道。魔法书"啪"的一声合上了，锁扣也锁上了。"正合我意，现在我书中的藏品只剩下一件了，而他就是那个把我毕生收藏都尽数散去的家伙。我为你们这个爱惹麻烦的朋友制订了一个多绝妙的规划。"

夏洛特一下子提高了嗓门："你是说兔子肯尼！"

"你叫出了他的名字，干得漂亮啊！"古老的奈斯比特快乐地嘶叫着，"但这招儿已经失灵了。"她指着封面上手写的肯尼的名字，现在已经模糊不清了。

"放了他！"格雷厄姆的眼中燃烧着怒火。

"哦，我会的。"奈斯比特哈哈大笑着慢慢爬到书上，"但我先要把他放在书架上。大概要到一个世纪以后，等他的恶行带给我的痛苦稍微减轻一些了，我就会放了他。当然，到那个时候，他关心的人都早已远去。而这就是你们需要付出的代价。"

"要是我们能帮得上忙，也就不必付什么代价了。"只见但丁从树林里走了出来，他的尾巴已经做好了战斗的准备。各种神奇的动物都跟他一起过来了，把女巫团团围住。

"Evanescimus!（拉丁语：我们消失！）"奈斯比特念着咒语"啪"地打了一声响指，想要遁地而逃……但是什么事情也没有发生。

"你的魔力全都废了。"但丁走上前去说，"你现在就是一个无足轻重的老家伙。你的魔术袋子已经掏空了。"

"不全是吧。"奈斯比特说着，举起了手中燃烧的橡子，"谁敢再靠近我一步，你们的肯尼就将永远地消失了。"

"你才不敢烧你自己的书呢。"格雷厄姆说。

"试试看。"她把火焰靠近了一张从书中掉出来的散页纸，那张纸立刻迸发出火花，燃烧起来了。

———◆———

兔子瘫倒在司机的座椅上，难以置信地眨巴着眼睛，看着那片曾经是大门的空间。奈斯比特显然是夺回了她的魔法书，他心里想着。但愿那边的人都平安无事吧。

他把车掉过头去，穿过田野，朝着那道闪闪发光的彩虹驶去。我再也出不去了。尽管他知道自己在书中已经度过了很长时间，但是在这个虚拟的世界里，似乎一分钟都没有过去。明亮的天空依然万里无云。野花在春风中摇曳，就跟他刚刚来到这里的时候一模一样。

一切被施了魔法，但丁曾经这样说过。兔子驱车穿过寂静的田野，那里曾经有鸟儿在歌唱，蟋蟀在鸣叫，蝎尾狮在咆哮。而现在，这片土地完全被废弃了。他一直那么害怕朋友们会离开他。但到了最后，是他离开了朋友们，永远被困在一本书中。没有了他，朋友也还会继续生活下去的。

他再也见不到格雷厄姆用鼻子里喷出的火焰来烤焦糖布丁了。他再也不能在棋盘上挑战乔治了。他再也不能跟夏洛特谈论他最喜爱的书了，再也听不到妹妹们在后院嬉笑玩闹的声音了。兔子的思绪飘到了爸爸妈妈身上。今后再也舔不到妈妈烤蛋糕用过的勺子了，再也听不到爸爸讲这样那样有趣的故事了，特别是那些"汽车爆炸"的故事。当他想起爸爸讲一辆汽车在镇上爆炸的故事时，他不由得笑出声来。他想念爸爸的笑话……哎，有了。

　　兔子把汽车掉了个头，向出口大门曾经的所在地飞驰而去。一股沸腾的水流发出嘶嘶的响声，从散热器中喷射出来，溅到挡风玻璃上。他调整了一下护目镜，狠狠地把油门踩到了极限。引擎大声轰鸣着、怒吼着。再过几秒钟，冷却引擎用的水就要流光了，这水中还混合着格雷厄姆炽热的唾液。

引擎窒息了。

汽车爆炸了。

———————⋄———————

《怪兽书》被炸开了。烧焦的书页飘落下来，就像巨大的树叶被风吹散。兔子肯尼"吭吭"地咳嗽着坐起身来。他现在正在林间空地中间，手里还紧紧地握着汽车的方向盘。

"我要除掉你——！"奈斯比特声嘶力竭地尖叫着，"我是埃尔德里奇·奈斯比特，你——"

格雷厄姆一把将她提起来，直接扔进了放光的魔法书中，紧接着再用力把书合上。他牢牢地抓住魔法书，任凭它在自己手中剧烈地抽动。

"把锁扣锁上！"肯尼说。

"锁不上了。"格雷厄姆竭力按着，不让封面打开，"爆炸的时候……锁扣……被炸碎了。"

"她会从里面逃出来的！"夏洛特叫道。

"不会的，她逃不出来了。"但丁说。说时迟，那时快，他将自己的尾巴猛地甩到书的封面上，将一根长长的、带倒钩的刺穿透了厚厚的魔法书。随后，他把那根刺从尾巴上咬断，让它永远锁住这本邪恶的书，再也打不开了。

肯尼被乔治和夏洛特搀扶了起来，一瘸一拐地向魔法书走去。"你是怎么把她弄进书里去的？"肯尼问。

　　"书的扉页是敞开的。"格雷厄姆的脸上露出得意的笑容，"谁都知道，作者的名字总是列在扉页上的。当她说出了自己的名字，我就立刻抓住了这个好时机。Carpe diem！（拉丁语：抓住时机！）"

　　"你确实抓住了好时机！我的好朋友，"乔治

说，"你脑子转得可真快。"

"既然现在她已经被困在这本书里了，那我们是不是应该把书烧掉呢？"弗利特问道。

"烧书？"格雷厄姆当即扑灭了在魔法书封面边角上舞动的火苗，"你还真以为我是条光知道瞎胡闹的火龙啊？我宁肯烧掉自己的尾巴也不愿烧掉一本书……即便是像这样一本邪恶的魔法书。"

"她已经得到了她想要的。"但丁舔着自己尾巴上被咬断的刺根说，"她现在是安全的，世界上所有危险的野兽都伤害不到她了。"

"没错，"肯尼补充道，"包括我们各位在内。"

第十五章　国王的平安令

接下来的那一周，肯尼和他的朋友以及家人都回到了斯通霍恩城堡。他们穿上自己最好的衣服，站在城堡的后门，与皇室成员、当地村民以及其他来自四面八方的旅行者们站在一起。

斯通霍恩王后在这盛大的集会上发表了演说。"欢迎诸位来到皇家圣殿。"她张开双臂，远眺着城堡外一望无际的原始森林，"请大家同我一起，热烈欢迎我们的特别来宾吧。"

斯通霍恩国王亲自带领着游行队伍走过来了，现场群众热烈鼓掌。只见无数神话中的动物们列队穿过城堡庭院，围绕在国王和王后身边。"我的新朋友们，我非常荣幸能在今天为你们庆贺。在这里，在这

斯通霍恩城堡，你们可以随心所欲地进出。"国王宣布。

"而且今后无论你们去到哪里，都会处于'国王平安令'的保护之下。"王后补充道。

"如果我们能够提供更多的帮助，请一定要告诉我们。"国王说，"好了……解散！"

动物们四散而去，群众鼓掌欢呼。有些动物留在城堡附近嬉戏游玩，还有一些张开翅膀飞向他们想去的地方。

"谢谢您，国王陛下！"但丁说，"谢谢您给了我们第二次机会。"

"我们每个人都会犯错误的。"斯通霍恩国王紧

握着但丁的爪子说，"即使国王也一样。"

"说到犯错，奈斯比特和她的书怎么样了呢？"乔治问。

"已经存档了。" 弗利特掸着爪子上的灰尘说，"放在图书馆的特别藏书部……还是在地牢里？我记不清了。"

斯通霍恩国王听了这话，笑得直不起腰来。接着，他转头面向肯尼。"那么，小伙子，你准备好全部重写新版的《国王的皇家动物故事集》了吗？"

"恕我直言，陛下，我认为不应该有这样一本书存在。"

斯通霍恩国王露出一脸的惊讶。"但是事实真相，故事……"

"……那些都不是我能够讲明白的，"肯尼说，"而且事实的真相是……非常复杂的。"

"我同意，陛下！"弗利特补充道，"一本书不可能包含一个人一辈子所经历的所有事。也许这些神奇的生物还会不断地分享他们神奇的故事。"

"哎，这是一个绝妙的想法。"格雷厄姆说。

"那就这样吧，"斯通霍恩国王说，"我真的很期待用新的故事来丰富我们的图书馆。同时，肯尼少爷，我还有样东西要送给你。"

国王带领肯尼及其家人和朋友，一起来到城堡入口外的环岛旁。在那里，一个仆人拿着一个木盒走上前来。他鞠了个躬，把盒子呈递给国王。

"乔治告诉我，你那辆心爱的小汽车，在你解救那些被奈斯比特诱捕的动物时，被炸毁了。"斯通霍恩国王打开盒子，拿出一本小册子递给肯尼，"这是一本'捷特银色幻影跑车'的用户手册。"

"陛……陛下……这是您的车……"肯尼惊得简直连话都说不完整了。

"不是我的车，是你的。"国王亲手把车钥匙交给肯尼，"再说，我根本玩不转那疯狂的机器。"他俯身贴近肯尼的耳边，悄悄地说："我知道你们年轻人喜欢开着这种跑车满世界飙车。"

话音未落，只见有两辆跑车互相追逐着，冲上城堡的鹅卵石车道。

"嘿！"国王对他的儿子们大声喝道，"我是怎么跟你们说的？减速！远离皇家草坪！"他跑去追赶自己的孩子了。

肯尼发现爸爸正在抚摸着汽车闪亮的银色挡泥

板。"您觉得这辆车怎么样，爸爸？"

"我觉得你开这辆车是不会爆炸的。"爸爸说着，对他挤了挤眼睛。

妈妈冲上前去，紧紧地抱住了肯尼。"我真为你骄傲！"妈妈亲吻着他的额头。一名男仆将肯尼的妹妹们请上皇家马车，准备送她们回家。爸爸妈妈也上去了。当马车驶上车道的时候，大家挥手告别。"咱们家里见啦，阿肯。"爸爸回过头来高声喊道。肯尼也和朋友们一起向他们道别。

"好啊，这样你随时都可以来看望我了。" 乔治指指车子说。

"是啊，请一定要尽早回来看我们。" 弗利特用力摇晃着肯尼的爪子，"我们随时欢迎你来。"

"我会接受你们的提议，我保证！" 肯尼回答道。他拍了拍乔治的后背，"咱们的国际象棋也不能停啊，咱们可以用明信片告诉对方，下一步要走什么棋。"

"听起来真是令人愉快啊，我的小绅士！" 乔治回答道。他浓密的胡须后面露出灿烂的笑容。

肯尼打开他的新车门，让夏洛特坐上副驾驶座。波吉和波莉趁着他转动曲柄启动引擎时，同时挤到后座上面。"你准备好起飞了吗，格雷厄姆？" 肯尼一边爬上驾驶室，一边问。

"我想我还要再待一段时间。" 格雷厄姆看着在城堡塔尖上空飞来飞去的一对蝎尾狮说，"你知道，我需要帮助这些新来的动物适应皇室生活。我得让他们了解最新的食品趋势、最新时尚……诸如此类的事情。"

"哎哟！您可真是一位神秘精灵大使啊。" 弗利特说。

"哦，我喜欢这个称号。" 但丁回应道。他身边那只刚刚获救的小蝎尾狮也点头表示同意。

对于格雷厄姆的新决定，肯尼显得若无其事。他脑子里明白，自己的好朋友是在做正确的事情，但在他心里，实在舍不得跟格雷厄姆分开。"哦，这次历险让我得到了很多珍贵的纪念品。"

"我也是，好朋友。"龙和兔子紧紧地拥抱在一起。

"别担心，"但丁说，"我们很快就会吃腻了焦糖布丁的。"

肯尼笑了起来，尽管他心中充满感伤。"那我就盼望着尽快见到你们喽。"

"我很快就会跟你见面的。"格雷厄姆回答。

肯尼发动了汽车。车轮转动起来了，他回过头去，又看了一眼格雷厄姆。

"再见！"他轻轻地说。

于是……

肯尼重新过起了他在老兔子农场的生活。在那里，他要上学、做家务，还要照看他的妹妹们。他利用空余时间去读书、管理他的书店。要知道，他妈妈替他收下了乔治赠送给他的礼物，当然，

　　肯尼也已经接受了。伯罗书店在新型管理下重新开业，还增加了一个提供新鲜烘焙食品的小咖啡馆，由老兔子农场赞助。

　　每当肯尼开始思念朋友的时候，往往就会收到一封来信，讲述一些最新的消息和八卦，肯尼也会写信给朋友，说说自己的生活情况。他比以往任何时候都更加期待夏洛特灿烂的笑容和笑声，期待跟她一起在书店工作，或是周末跟她一起玩棋盘游戏。他甚至还买了十五张《驯悍记》的演出票，带着全家一起去观

赏。当夏洛特穿着她精心制作的服装登上舞台时，他们全家都站起来拼命地为她喝彩。

———◆———

冬天的一个傍晚，肯尼的父亲冲进了厨房，眼睛睁得像茶碟那么大。"你们绝不会——"

"嘿，冬天老爷爷。"肯尼妈妈打断了他的话，用勺子指着他，"快把你满身是雪的衣服和鞋子脱掉。我可不想让干净的地板沾上雪水和泥浆。"

"可是，孩子妈……"他急得直央告。

"我知道你很急，但是你可以一边脱鞋一边说啊。"她转过身去接着煮饭。

"什么事啊，爸爸？"凯蒂开口问道，她正帮妈妈往汤锅里磨胡椒粉。

"快告诉我们吧！"其他人也想知道。

"先告诉我，阿肯在哪儿？"肯尼爸爸反问道。

"我就在这儿呢，爸爸。"肯尼说。他手里捧着一大摞汤碗，乔治和弗利特帮着把碗摆放在餐桌上。他们三个人身上穿着款式相同但又都编织得不太好的毛衣——那是夏洛特亲手编织的节日礼物。

"你们绝不会相信我在老牧人山上看到了什么。"肯尼爸爸指了指厨房的窗外。

肯尼立刻把碗放下了。"不！您没开玩笑吧？"

"我严肃得就像一只饥饿的马蝇。"

"孩子他爸，你怎么不早说呢？"肯尼妈妈说。

肯尼爸爸看了她一眼，然后又瞪了她一眼，但肯尼并没有看到这些。他早就跑出家门了。

"大衣和帽子，肯尼！"妈妈在他身后叫他，"你就没给妹妹们做个好榜样。"

———————————❧———————————

冬日最后一缕阳光在天空涂抹上美丽的粉红和紫色，肯尼领着家人和朋友们爬上了山坡。蓬松的积雪掩埋了他们的脚印，他们吃力地向圆形剧场走去。头顶上，无数的星星眨着眼睛醒来了，灿烂的星光照在地平线上。一个巨大的身影掠过全家人的头顶，降落在洞穴的上方。伴随着轻微的喘息声，洞中冒出缕缕青烟。

肯尼高举着手中的煤油灯，靠近了山洞。只见洞穴上方有一对蝎尾狮正低着头冲他微笑，附近的一棵大树下，躺着一匹在那里过夜的鹰头飞马。一小群独角兽在雪堆里和家人嬉戏，扬起一片片闪亮的雪花。

洞里的金光映衬出邋遢巨龙那圆滚滚的、再熟悉不过的身影。他那柠檬黄的眼睛在黑暗中闪烁，他开

216

心极了，笑得合不拢嘴。

　　肯尼飞也似的向洞里扑了过去，只觉得脸颊上流淌着喜悦的泪水。

　　"你好！"

译后记

　　紧赶慢赶，我还是没有赶上任溶溶先生离去的脚步……

　　我跟全中国的同龄人一样，都是读着任老的童话书长大的。今年我都七十岁了，记忆中的"没头脑"和"不高兴"还是会时不时地跳出来，逗得老太太不禁莞尔。甚至看到自己的两个宝贝外孙，我都觉得他们就是"没头脑"和"不高兴"。

　　两个月前，我接到这本《肯尼和怪兽书》的翻译委托，真是觉得既荣幸又惶恐，因为我非常喜欢这本书，也喜欢它的作者；然而，这个系列的前一本书《肯尼和大怪龙》是任溶溶先生翻译的，那可是儿童文学和翻译界的泰斗级人物啊！我能够将同一作者同一系列的作品翻译得与任老比肩吗？想着后背就冒冷汗……我拜托编辑们先征求任老的意见，若是他愿意，还是由他老人家亲自操刀吧。但此时，任老毕竟已经九十九岁高龄了……

翻译此书的重任责无旁贷地落到了我的肩头。其实，我并没有感觉到这是负担，而是由衷地感到快乐和荣幸，我还感受到任老对我的鞭策。我重新披挂上阵，全身心地投入到了翻译工作中。我能听到心中有一个小小的声音在催促：快一点儿，再快一点儿，赶紧翻译完了拿给任老指点……

只剩下一两页，全书就翻译完了，然而就在这时，噩耗传来：任老告别了这个世界，享年一百岁！

当年任老翻译《肯尼和大怪龙》的时候已经是八十九岁高龄，不知这是不是他最后一本译作。读着他的译文，那么活泼、幽默，全然融合在童话人物的喜怒哀乐之中，让人感同身受，穿越到儿时。

十年过去了，《肯尼和大怪龙》中的主人公——兔子肯尼也长大了，在我们这本《肯尼和怪兽书》中，他从一个"小娃娃"变成了一个青年绅士、小伙子；他小时候骑的自行车也换成了小汽车。他依然热爱读书，热爱劳动，珍惜友情……噢，他妈妈又给他生了十二个整天闹哄哄的小妹妹（是不是有点儿烦）。

最精彩的是，书中通过一系列扣人心弦的故事情节，贯穿着保护野生动物、不以貌取人、学会体谅他人、为朋友竭尽全力等现代文明的价值观。国王的民主和宽容、青年的冲动和莽撞、老人的智慧和奸诈，统统体现在这本老少咸宜的童话之中。

　　我以破纪录的速度完成了本书的翻译工作，但是我没有立刻交稿，而是要一改再改，精益求精，让它有资格作为一件珍贵的礼物，献给天上的任老和世间的读者。

　　蒲公英童书馆的负责人颜小鹂女士与我隔海悼念任老，她说："天堂里多了一颗童真的心。"是啊，可敬可爱的任老，天堂有了您会更加妙趣横生，咱们将来还可以一起在那里说笑话、讲童话。

　　任溶溶先生千古！

舒杭丽

2022年9月22日

于洛杉矶寓所

版权合同登记号 图字：22-2023-008

图书在版编目（ＣＩＰ）数据

肯尼和怪兽书/(美) 托尼·迪特利齐著;舒杭丽
译. -- 贵阳:贵州人民出版社,2024.1
ISBN 978-7-221-18033-9

I.①肯... Ⅱ.①托... ②舒... Ⅲ.①儿童小说-中
篇小说-美国- 现代Ⅳ.①I712.84

中国国家版本馆CIP数据核字(2023)第228268号

KENNI HE GUAISHOU SHU

肯尼和怪兽书

[美] 托尼·迪特利齐　著　舒杭丽　译

出 版 人　朱文迅　策　划　蒲公英童书馆
责任编辑　颜小鹍　执行编辑　蒲　仪　装帧设计　蒲雪莹　责任印制　郑海鸥

出版发行　贵州出版集团　贵州人民出版社
地　　址　贵阳市观山湖区中天会展城会展东路SOHO公寓A座（010-85805785　编辑部）
印　　刷　鸿博昊天科技有限公司（010-87563716）
版　　次　2024年1月第1版
印　　次　2024年1月第1次印刷
开　　本　880毫米×1250毫米　1/32
印　　张　7.125
字　　数　115千字
书　　号　ISBN 978-7-221-18033-9
定　　价　32.00元

如发现图书印装质量问题，请与印刷厂联系调换；版权所有，翻版必究；未经许可，不得转载。
质量监督电话　010-85805785-8015